身代わり伯爵の失恋

清家未森

15785

角川ビーンズ文庫

身代わり伯爵の失恋

CONTENTS

ジーク
アルテマリスの第一王子。
ミレーユを後宮に入れる
のが夢。ミレーユにちょっ
かいを出し、リヒャルトに
怒られている。
フレッド
はた迷惑なミレーユの双子
の兄。いつもおちゃらけてミ
レーユに怒られているが、切
れ者な面も。妹至上主義。
ヴィルフリート
アルテマリスの第二王子。フ
レッドを好敵手とし、ミレーユ
には密かな恋心を抱いてい
る。着ぐるみフェチな美少年。

身代わり伯爵の失恋 CHARACTERS

リヒャルト

フレッドの親友で副官。正体が明かされ故郷のシアランに帰る戻ることに。ミレーユのことを大切に想っている。

ミレーユ

元気で貧乳で家族想いの少女。双子の兄・フレッドの身代わりに王宮に出仕する事になってから、運命が激変することに。

本文イラスト／ねぎしきょうこ

第一章　忍び寄る影

にわかに慌《あわ》ただしくなった師団長室で、空気が読めていないのかそれとも人一倍肝《きも》が据《す》わっているのかわからない少年が、己《おのれ》のこだわりについて熱く語っていた。

「僕は遊びや悪ふざけで着ぐるみ道を極《きわ》めているのではない！」

白い虎《とら》の毛皮――彼いわく『着ぐるみ』というらしい――に身を包んだベルンハルト伯爵《はくしゃく》に、それは一体どういった意図の恰好《かっこう》なのかと何気なく問うた第五師団長ジャック・ヴィレンスは、興味深げにさらに追及《ついきゅう》した。

「ほほう？　では、一体どのような目的で」

「これはな……、男としての決意なのだ」

伯爵は、真面目《まじめ》な顔つきで胸に片手を当てた。

「男子たるもの、強く気高くなければならない。山の王者である熊《くま》や、獣《けもの》の王たる獅子《しし》、そして東大陸の覇者《はしゃ》である虎……。それらのように強くあろうという思いが高じ、まず形から理想の男を目指そうと、日々試みているのだ。断じて遊んでいるのではない！」

「なるほど。それは素晴《すば》らしいお心がけですな」

心得顔で相槌《あいづち》を打ちつつ、ジャックはさりげなく副長を手招きした。なおも着ぐるみについて語る伯爵に笑顔《えがお》でうなずきを返しながら、傍《そば》に来たイゼルスに声を落として指示を出す。

「――すぐに伯爵閣下を連れてここを離《はな》れろ。途中《とちゅう》でうまいこと言って着替《きが》えてもらえ。あのお召《め》し物では目立ちすぎる」

団長が手にしている書簡――大公の秘密親衛隊からの連絡事項《れんらくじこう》を見やり、イゼルスが無言のまま目見《まみ》を険しくする。ジャックは軽くうなずいた。

「この書簡には、伯爵閣下が偽者《にせもの》だとある。拘束《こうそく》対象は私だけでなく、閣下もだと」

「偽者……？」

「それはこの際どうでもいい。アルテマリスの使者であることに変わりはないのだから、親衛隊なぞに渡《わた》すわけにはいかん。無事に安全なところへ逃《に》がしたら、おまえもすぐに戻《もど》れ。第五師団の点呼をするらしい。名簿《めいぼ》と照合して、一人でも数が合わなければ全員を罰《ばっ》するだと」

「わかりました。すぐに戻って、書記官室から名簿を提出させます」

詳《くわ》しく訊《き》いている暇《ひま》はない。一刻も早く行動に移ろうと、なおも語り続けている伯爵にイゼルスは歩み寄った。

「――ちょっと、あんた何やってんの!? なんつう恥《は》ずかしい恰好でうろついてんのよ！」

突然《とつぜん》、けたたましい声とともに金髪《きんぱつ》の美女が入ってきた。ミシェルの『姉』だ。伯爵とも知り合いらしい彼女の遠慮《えんりょ》のない物言いに、伯爵は目をむいた。

「恥ずかしいとは何だ！　これは僕の戦闘服《せんとうふく》だぞ！」

「やかましい！　勝手にうろうろするなって言ってんだろうがっ。いちいち捜《さが》しにいくわたしの身にもなりなさいよ！」

「あー、ちょうどよかった。お嬢《じょう》さん、実は今、少しまずいことになっていましてね」

軽く手をあげて、ジャックが二人の間に割ってはいる。あまり時間がない。状況《じょうきょう》を簡単に話し、狙《ねら》われているためこの場を離れてほしい旨《むね》を告げる。

驚《おどろ》いた顔で聞いていた二人だが、やがて伯爵が真剣《しんけん》な顔で申し出てきた。

「悪者退治か。よし、僕に任せろ！」

「任せられるかっ！」

即時《そくじ》にゲンコツが飛び、伯爵は頭をおさえて叫《さけ》んだ。

「無礼者ー！　何をするっ！」

「わかったわ。で、どこに避難《ひなん》すれば安全なのよ」

抗議《こうぎ》を無視して、金髪の美女は話を進める。ジャックはイゼルスを案内役につけることを説明し、爽《さわ》やかな笑顔で続けた。

「ご心配なく、お嬢さん。貴女《あなた》や伯爵閣下には指一本触《ふ》れさせはしませんよ。ハッハッハ」

「あ、そう。それじゃ頼《たの》むわ。ところで、うちの馬鹿《ばか》弟はどこなの？」

ずけずけとした口調で訊《たず》ねられ、ジャックは彼女の『弟』であるところの部下がどこへ向かったのかを思い出し、ちらりとイゼルスと目を見交《みか》わした。

その部屋は、大公家の者しか知らないという隠《かく》し通路を抜《ぬ》けた場所にあるという。分厚い壁《かべ》の中がその隠し通路になっていたことに驚きながら、ミレーユはロジオンと共にエルミアーナとの待ち合わせ場所に向かっていた。

「それでエルミアーナさまも、この隠し部屋を知ってらっしゃったのね。だから秘密の待ち合わせ場所に指定してこられたんだ……」

　ロジオンいわく、この館《やかた》そのものに大がかりなからくりが張《は》り巡《めぐ》らされているという。敵襲《てきしゅう》に備えてとのことだったが、この抜け道の他《ほか》にも隠し通路が無数にあるらしい。迷子にならないよう、薄暗《うすぐら》い通路をきょろきょろしながら進んだ。

「わぁ……、何？　あれ」

　突《つ》き当たりは左右にまた通路が延びている。そこには人の背丈《せたけ》の倍はあろうかという大きな柱時計が、等間隔《とうかんかく》に十基以上も並んでいた。ねじが巻かれていないのか、どれも針は止まったままだ。不気味なようでいて荘厳《そうごん》な雰囲気《ふんいき》すら漂《ただよ》っている。

「若君の曾祖《そうそ》父《ふ》君にあたられる御方《おかた》の蒐集品《しゅうしゅうひん》です。場所が場所ですので、時計としての機能は止められています。若君がお小さい頃《ころ》、よく中に入って隠れ鬼《おに》などされて楽しまれていました」

「ああ、それ楽しそうね！　隠れたくなる気持ちもわかるわ」

時計の並ぶ通路を見渡《みわた》しながらミレーユはうなずいた。

ロジオンはこの調子で、幼い頃のリヒャルトの思い出話を披露《ひろう》しながら進んでいく。吊《つ》り上げ式の階段や壁の隠し扉《とびら》など、初めて見るものばかりで珍《めずら》しかったが、子どもの頃のリヒャルトがここで遊んでいたのだと思うと不思議と懐《なつ》かしいような気分になれた。

「――こちらが公女殿下《でんか》との待ち合わせ場所です」

通路の先にあった扉を開けると、そこはどうやら居間のようだった。それほど広くはないが椅子《いす》やテーブルがあって、壁には肖像画《しょうぞうが》が掛《か》かっている。彼女の姿はまだなかった。

「団長と決闘《けっとう》したから、時間に遅《おく》れちゃったかと思ったけど……。大丈夫《だいじょうぶ》だったみたいね」

とはいえ彼女が来るのも時間の問題だろう。腰掛《こしか》けて待っていようかと思っていると、壁際《かべぎわ》にいたロジオンがふと傍《かたわ》らを指さした。

「若君がお小さい頃、背丈を測られた印です」

「えっ、どこどこ？　これ？　わあ……」

示された壁の傷跡《きずあと》を見て、ミレーユは思わず感嘆《かんたん》するようなため息をもらした。自分の肩《かた》ほどまでしかないそれを、まじまじと見つめる。

「こんなに小さかったんだ……。何歳くらいなの、このとき」

「十歳くらいだったと思います。ご家族でこの離宮《りきゅう》にいらした最後の時のものです」

「じゃあ、だいたい十年前くらいってことね」

この十年でリヒャルトの身に起きたことは、ミレーユには想像もつかないほどのことだっただろう。幼かった少年は、どんな思いを抱《かか》えて生きてきたのか。大人になり、今では見上げるほどの背丈に成長した彼のことしか知らないが、そのことが急に胸を突いて気になりだした。

「こちらが、妹君のマリルーシャ殿下のものです」

ロジオンの声に、はっと我に返る。リヒャルトの背丈の印のすぐ横、低い位置にいくつか印が付けられていた。リヒャルトの印より遥《はる》かに低い場所にあるのを見て、ミレーユは思わず微笑《ほほえ》んだ。

「ちっちゃい……！　そうよね、十年前って言ったら、セシリアさまはまだ四歳くらいだもんね……。でもどうしてここだけこんなに印があるの？」

隣《となり》のリヒャルトの印は三つほどしかないが、セシリアのものは十近く刻まれている。

「マリルーシャ殿下はご幼少の頃からお身体《からだ》が丈夫《じょうぶ》でなく、たびたびこちらの離宮で静養なさっていました。若君もお忙《いそが》しい時間を縫《ぬ》ってお見舞《みま》いに来られていましたが、そういう事情がおありだったため、ご兄妹《きょうだい》がご一緒《いっしょ》に過ごされた時間は少なかったのです。ですので公女殿下は、若君とご一緒に背丈を測られた思い出を大切になさるあまり、お一人でもよくここへ入られていたようです。そのたびに背丈を測られていたのでしょう」

「そう……」

そんなに幼い少女が、兄とのささやかな思い出を胸に抱《だ》いて一人で背丈を測っていたのかと、ミレーユはしみじみとした気持ちになった。

（わかるわ。あたしもフレッドと背丈を測りっこしたもの。途中からは、あたし一人でやることが多くなっちゃったけど……）

部屋の柱に刻んだ印を見ては、フレッドは今どれくらい大きくなっただろうかと思って寂《さび》しくなったりしたものだ。思い出すと、なんだか急にフレッドに会いたくなってきた。

（あの子、無事でいるかしら。大公と会ったりしたのかな。大丈夫かしら……）

心配になったが、あのフレッドが敵にやりこめられる姿はあまり想像ができない。いつもの調子で元気でやっていることだろうと、気を取り直す。

「きっとリヒャルトもセシリアさまの思いを知ってたから、アルテマリスでも大事に大事に守ってたのよね……」

「は。——そしてこちらが先の大公殿下と妃殿下のものです」

「えっ⁉ それってリヒャルトのお父さんとお母さんでしょ？」

立派な大人だろうに背丈を測る必要があるのだろうかと目を丸くするミレーユに、ロジオンは生真面目《きまじめ》な顔でうなずいた。

「ご家族が揃《そろ》われた記念にと、お二方も測られたようです。子どもたちだけの特権にするのはずるいと仰《おっしゃ》っていました」

「ずるい、って……。意外とおもしろいご両親だったのかしらね」

面食《めんく》らってつぶやきながらも、大公夫妻が幼い子どもたちに負けじと背丈を測り合っていたのかと想像すると、なんだか楽しいような気がしてくる。

「ねえ、これは？」

横にあったそれは、一つは明らかに成人のもの、もう一つはセシリアより少し大きいと思われる子どものものだ。親子だろうかと思いながら訊くと、ロジオンが表情を硬《かた》くして答えた。

「……それは、ギルフォードとエルミアーナ殿下のものです」

「えっ……」

ミレーユは絶句してその印を見つめた。エルミアーナはともかく、ギルフォードはリヒャルトを陥《おとしい》れた敵だというのに、仲良く並んで背丈を測るようなこともあったのかと意外に思っていると、考えていることがわかったのかロジオンは小さくうなずいた。

「長兄であるギルフォードを、若君は慕《した》っていらっしゃいました。よくお勉強を教わりに行かれていましたし、ご一緒に馬でこの離宮へ妹君のお見舞いにいらしたこともあります。この印は、エルミアーナ殿下もご一緒に療養《りょうよう》にいらした時のものです」

「……そんなに仲が良かったのに、どうして……」

「わかりません。ある時期を境に人が変わったようになり、若君や他の弟君たちのことも寄せ付けないようになりました」

ミレーユは思わずリヒャルトの背比べの跡《あと》をなでた。

「じゃあ……仲良しのお兄さんに裏切られたんだから、リヒャルトは二重に苦しかったでしょうね……」

ロジオンは無言のままミレーユを見て、やがて目を伏《ふ》せた。身近にいた彼には嫌《いや》というほど思い知らされたことなのだろう。

気を取り直して明るく訊ねると、彼は怪訝《けげん》そうに視線を戻した。

「ないの？　ご自分たちの分まで測るくらいなんだから、リヒャルトのご両親はきっとあなたにも測るようにおっしゃったんじゃないかと思ったんだけど。ロジオンも一緒に来てたんでしょ？」

「……」

ロジオンはしばし黙《だま》ったままミレーユを見つめた。いつも無表情な彼にしては珍しく、意表を突かれたような顔をしていたが、やがてもとの表情に戻り、壁に目をやる。

「私のは……これです」

「見せて見せて。ああ、やっぱり今よりだいぶ小さいわね。ロジオンは何歳だったの？」

「十三です」

へえ、と感心してつぶやきながら横を見る。壁には他にも幾人《いくにん》分もの背丈を刻んだ跡があった。かつてはこの部屋にたくさんの人が出入りし、ここで賑《にぎ》やかに会話しながら背丈を測ったのだろう。それはきっとリヒャルトにとって幸せな思い出だったはずだ。そう思うと楽しいような切ないような気持ちになった。

「……お茶をお淹《い》れします。あちらへまいりましょう」

物思うふうの表情で黙っていたロジオンにうながされ、ミレーユはうなずいてテーブルのほうへと向かった。

部屋の奥にある扉から男が一人出てきたのは、ロジオンに淹れてもらったお茶とお菓子《かし》を味わいながらしばらく経《た》った頃だった。

しかめ面《つら》をした三十がらみの男は、仕草だけでロジオンを呼ぶと小声で何事か会話をかわした。それから最後にミレーユに無遠慮《ぶえんりょ》に視線を向けると、渋面《じゅうめん》のまま部屋を出ていった。

（……なんだろ？　なんかすごい、じろじろと見られたような……？）

怪訝に思っていると、戻《もど》ってきたロジオンが、気づいたのか恐縮《きょうしゅく》したように頭をさげた。

「申し訳ございません。兄の非礼を代わってお詫《わ》び申し上げます」

「ロジオンのお兄さんなの？　ああ、ちょっと似てるわね……って、非礼って何が？」

きょとんとして訊《き》くと、ロジオンは少し黙ったあとで控《ひか》えめに口を開いた。

「あなた様の髪《かみ》が珍しいのです。シアランには短髪《たんぱつ》の女性はあまりいませんので」

「ああ……これ？」

ミレーユは自分の髪をひと房《ふさ》つまんだ。フレッドの身代わりをするようになって以来、髪はもうずっと短いままだ。

「ロジオンも、珍しいと思ってる？」

「私はアルテマリス暮らしが長かったため、さほど違和感《いわかん》はありませんが。しかしシアランで生まれ育った者には女性の短髪はありえないという既成概念《きせいがいねん》がございますので、好奇《こうき》の目で見る者もおります」

ふうん、とミレーユはつぶやいた。その既成概念があったからこそ、あっさり男だと信じこまれて騎士《きし》団に潜入《せんにゅう》することもできたわけだから、それは幸運だったと思っていた。しかし実際にシアランの人の反応を見せられると、なんだか複雑な思いもする。

黙り込んでお茶を飲んでいると、ロジオンが淡々《たんたん》とした表情のまま訊《たず》ねた。

「……お辛《つら》くはございませんでしたか？」

「何が？」

「その……御髪《おぐし》をお切りになった時です」

思いがけない質問に、ミレーユは腕《うで》を組んで考え込んだ。

「そうね……。確かに、随分《ずいぶん》長いこと伸《の》ばしてたから、切った時はちょっとへこんだりもしたわ。他《ほか》で女の魅力《みりょく》を出せないなら、せめて髪くらい伸ばしとけって師匠《ししょう》にも言われてたから。しかも実はちゃんと鬘《かつら》を用意してたらしくて、切るにしてもこんなにばっさりやらなくてもよかったらしいのよね。先に言ってよと思ったけど……」

思い返せばあの時、髪を切って現れたミレーユにリヒャルトは呆然《ぼうぜん》と絶句していたものだった。薬を飲ませて誘拐《ゆうかい》までした人が、これくらいのことでそんなにびっくりするのかと意外だったが、彼にもシアラン人の既成概念があったのだとすれば納得《なっとく》がいく。

「でもフレッドのことを聞いて、あたしも思い詰《つ》めちゃったのよねぇ。あたし、てっきりあの子は養子先でつらい目に遭《あ》ってると思いこんでたから、口では文句言ってても基本的に逆らえないっていうか……」

はあ、とため息をついて嘆《なげ》くミレーユを、ロジオンは黙って見つめている。

「うん。だから、つらいとまでは思わなかったわ。第一、あの頃《ころ》はいつもリヒャルトが傍《そば》にいてくれたから……」

当たり前のように彼が隣にいた日々。八つ当たりして困らせて、それでも怒《おこ》らず受け止めてくれる彼に頼《たよ》り切っていたこと。嫌な思いも散々したはずなのに、そんなことよりも、彼と一緒に歩いた宮殿《きゅうでん》の風景や他愛《たわい》もない会話をかわしたことばかりが心に残っている。

「……リヒャルトのおかげだわ。あたしがあの頃、何があってもぐれずに済んだのは」

そう口に出すと、胸の奥が温かくなったような気がした。

今朝早く、まだ薄暗《うすぐら》い林の中で会った彼の顔が脳裏《のうり》に浮《う》かぶ。以前と変わらず爽《さわ》やかだったが、気のせいだろうか、いつもより凜々《りり》しいようにも見えたことを思い出し、少し赤くなった。

（リヒャルトが変なことばっかり言うからよね。あれじゃまるで、あたしのこと……）

言われた台詞《せりふ》が次々とよみがえってきて、ぼんやりしかけるが、はたと視線を感じて顔をあげる。ロジオンがじっと見つめているのに気づいてミレーユは慌《あわ》てた。

「な、なによっ？　別にあたし、何も変なことは考えてないわよ？　好きなのかも……とか、全然ほんとに考えてないからっ」

「……」

「だからっ、変な妄想《もうそう》とかはしてないってば！　ただちょっと、いつもより恰好《かっこう》よかったなあって……、か、感心してただけよ。ほんと、それだけだから！」

何も言われていないのに一人で焦《あせ》りながらミレーユは言い張った。ごまかすようにもりもりとお菓子を食べるのをロジオンは尚《なお》も見つめていたが、何を思ったか急に傍に跪《ひざまず》いた。

「？　どうしたの？」

「結婚《けっこん》してください」

「……っ⁉　げほっ、ごほごほっ」

いきなりの爆弾《ばくだん》発言にミレーユは思わずお菓子を噴《ふ》いた。激しくむせかえりながら目をむいてロジオンを見る。空耳にしては性質《たち》が悪いと思ったが、彼は生真面目な顔でさらに続けた。

「ミシェル様でなければいけないと、あらためて確信いたしました。私も心を捧《ささ》げて一生お仕えします」

「いや、ちょっ……、ちょっと、待ってくれるっ？」

「駄目《だめ》でしょうか？」

「だ、だめっていうか――いや、とりあえず待って、少し落ち着いて！」

「以前から思っておりましたが、ミシェル様はまとう空気が似てらっしゃるのです。おおらかで温かく、情に厚くていらっしゃる。そういうところに惹《ひ》かれておいでなのは、ご家族の面影《おもかげ》を追っていらしたのやもしれません。ミシェル様が奥方様になってくだされば、それは――」

「だから、待ってってば！」

真面目な顔つきで語る彼を、ミレーユは慌てて遮《さえぎ》った。たぶんこの状況《じょうきょう》は本来ならば甘い雰《ふん》囲気《いき》で進行するはずの場面だろうが、彼の表情からしてまったくそんな気配は感じられない。

もちろんミレーユもそれどころではなかった。

「あたしは今、生まれて初めて求婚《きゅうこん》されて、この上なく動揺《どうよう》してるの、だからちょっと落ち着かせて！　ていうか、あたしとあなたって全然そんな感じじゃなかったわよね？　それともなに、あたし、何か勘違《かんちが》いしてたの？　こういうのって普通《ふつう》、恋人《こいびと》同士の間で交《か》わされる会話のはずじゃ……」

ロジオンは一瞬《いっしゅん》、意外そうな目つきになってミレーユを見たが、すぐに真顔に戻って言った。

「いえ、私とではございません」

「……へ？　あなた、何言って……」

混乱して眉《まゆ》をひそめた時、背後で咳払《せきばら》いする音がした。振《ふ》り向くと、第五師団とは違う形の軍服らしきものを着た男が、気まずそうな顔つきで立っている。

「求婚中、邪魔《じゃま》してすまない……。ロジオン、ちょっといいか」

微妙《びみょう》に目をそらしている彼はリヒャルトの部下のようだが、直前のやりとりを聞いてしまったらしい。また誤解されたようだとミレーユが冷や汗《あせ》を浮かべていると、彼は咳払いして続けた。

「下で騎士団の制服を着た筋骨隆々の男たちがアニキはどこだと慌てているんだが……。おまえたちのことを捜《さが》しているんじゃないか？」

戸惑《とまど》ったような彼の言葉に、我に返ったミレーユは驚《おどろ》いてロジオンを見た。

「──あっ、アニキさん！　大変なんです！」

館《やかた》の外に出ると、舎弟たちが五、六人ばかり、こちらを見つけて駆《か》けてきた。その中に女性が一人いるのを見てミレーユは驚いた。それはエルミアーナ付きの侍女《じじょ》だったのだ。

「どうしたの？　まさか、エルミアーナさまに何かあったの？」

「そのまさかですよ！　アニキさん、お姫《ひめ》様の館が親衛隊に囲まれたんです！」

「えっ⁉」

身体《からだ》が弱い公女のことだから、急な体調不良にでもなったのだろうかと予想していたミレーユは、目をむいて侍女を見た。彼女は真っ青な顔をしており、口も利《き》けない様子だ。

「実は、あっしらのところに例の煉獄魔王《れんごくまおう》が襲撃《しゅうげき》をかけてきたんです。あまりに突然《とつぜん》のことで、坊《ぼっ》ちゃんが攻撃《こうげき》を避《よ》けきれず無念にも倒《たお》れてしまったんですが……」

「魔王？　ああ、フェリックスね！　もしかして、エルミアーナさまの危機を知らせに？　ていうか親衛隊に囲まれたって、どういうこと？」

以前彼女が親衛隊に連れ去られた時も、彼女の飼い猫《ねこ》のフェリックスが大活躍《だいかつやく》したものだ。今回も報《しら》せに来たはいいが、ミレーユがいなかったので他の者に訴《うった》えたのかもしれない。

「詳細《しょうさい》はあっしらにもわからないんですが、大公の命令を受けてお姫様を捕《と》らえると言ってるようです。こちらのお嬢《じょう》さんが、お姫様の危機を知らせるために命からがら抜《ぬ》け出してこられたそうで……」

いかつい男たちに囲まれた侍女は、目を潤《うる》ませて震《ふる》えている。それだけでも大変な勇気のいることだっただろう。ミレーユは彼女の顔をのぞきこんだ。

「それで、エルミアーナさまはもう捕《つか》まってしまったの？」

「いいえ……、まだだと思います。剣《けん》を取りにいってミシェル様と会うと仰《おっしゃ》って出ていかれたまま、お戻りではありません」

「え？　待ち合わせ場所にはいらしてないけど……。じゃあ一体どこに」

自分たちが出ていった後にそんなことが起きていたとは知らず、ミレーユは呆然として立ちつくしたが、ぼんやりしている暇《ひま》はないと思い直して舎弟たちを見回した。

「団長はどうしてる？　エルミアーナさまを助けるようにって命令は出てるの？」

「いいえ、団長殿《どの》からは何も。聞いた話じゃ、団長殿も捕まるらしいです。親衛隊のやつら、師団の者を集めて、お姫様を助けにいけないようにしてるようで……」

「な……？　なんなのそれ？」

事情はわからないが、何か不穏《ふおん》なことが起ころうとしているのを感じる。ミレーユは侍女を安全なところへ連れて行くよう舎弟らに頼《たの》むと、話を聞くため団長のもとへと走り出した。

中庭では、集まり始めた第五師団の者たちと、本隊からはずれて暇を持てあました親衛隊の一部とが軽い火花を散らしていた。

「お気の毒に。あれほどの名門のご出身でありながら、このようなならず者どもを束ねる閑職《かんしょく》におられるとは。お父君もさぞお嘆きでしょうな」

親衛隊側の先頭に立つのは大公派の貴族の息子《むすこ》だ。嫌味《いやみ》たっぷりにジャックに笑《え》みを向ける彼に、第五師団の騎士たちが雑巾《ぞうきん》やバケツを手にしたまま胡乱《うろん》な態度で応じる。

「あー？ 誰がならず者だコラ」

「善良な一騎士に向かって失礼じゃないっすかー？」

「つうか今掃除《そうじ》中なんスけどー」

「やめんか」

あまり止める気もなさそうな顔でジャックが制止する。親衛隊の男はまるで汚《きたな》いものでも見るような目つきで騎士たちを一瞥《いちべつ》し、薄《うす》く笑って視線を戻《もど》した。

「この中で貴族の剣を扱《あつか》えるのはあなただけだ。そんな矜持《きょうじ》もなくしてしまわれたとは、哀《あわ》れなことですな」

挑発《ちょうはつ》にも乗ることなく、ジャックは耳に指でも突《つ》っ込みそうな態度で口を開く。

「貴族の剣ね……。矜持というなら、自分が仕えるべき主君を打算や利害で選ぶような真似《まね》だけはしたくはないな。私が持つのは忠誠のみ。それ以外は持ち合わせていないので、あなた方とは話が合わんでしょうな」

「何……⁉　役立たずのお荷物師団のくせに、大公殿下《でんか》直属部隊の我らを侮辱《ぶじょく》するか。身の程《ほど》知らずめ！」

「役立たずとは心外な。今だって離宮《りきゆう》の掃除に励《はげ》んでいたおかげで、ほら、こうして美しく保たれているのですぞ」

「ええい、黙《だま》れ！」

傍にあったバケツから水に浸《つ》かっていた雑巾をつまみ上げると、彼はいきなりそれを投げつけた。びしゃり、と水音を立ててそれはジャックの顔面に命中した。

「貴様……っ、団長に何しやがる！」

一瞬静まりかえった第五師団の面々だったが、これにはさすがに誰もが顔に怒気《どき》をみなぎらせた。しかし親衛隊の者らは、それをせせら笑う。

「『貴様』だと？　誰に向かって口を利いているんだ？　おまえらの上官にふさわしい有様じゃないか。掃除が好きなようだしな」

「んだとコラァ！」

「この野郎《やろう》……っ、上等だ、やってやんぜ！」

いきりたった騎士《きし》らが相手方につかみかかろうとするのを、さっと団長が制した。

顔に張り付いたままだった濡《ぬ》れ雑巾をおもむろに剝《は》がし、ジャックは無言で部下たちの前に出る。この上ない屈辱《くつじょく》を受けたにもかかわらず、しごく落ち着き払《はら》った態度だった。

「なっとらんな……」

ぽつりと口を開いた彼を、その場の皆《みな》が訝《いぶか》しげに注視する。

「水気がまったく切れていない。これでは拭《ふ》き掃除ができんじゃないか。雑巾の絞《しぼ》り方は……っ！」

言うなり彼は、持っていた濡れ雑巾を思いきり絞った。勢いよく水が飛び散り、ブチブチッと音を立てて雑巾がちぎれる。

「……こうやるのです。おわかりかな？」

にっこり笑ったジャックとボロ切れと化した雑巾を見て、親衛隊の者たちは怯《ひる》んだような顔をした。が、やがて虚栄心《きょえい》を取り戻したのか鼻白んだ顔で踵《きびす》を返した。

「せいぜいそうやって粋《いき》がってるがいい。どうせこれが終われば牢獄《ろうごく》行きだ」

捨て台詞《ぜりふ》を吐《は》いて彼らが去っていくと、周囲にいた騎士らが一斉《いっせい》に団長に群がった。

「いいんですか⁉　あいつらに好き勝手やらせておいて！」

「やっちまいましょうよ、絶対俺らのほうが強いっすよ」

「団長だって内心めちゃくちゃキレてるんでしょう⁉　これ以上あいつらにペコペコすることないですよ！　玉砕覚悟《ぎょくさいかくご》で一戦交えるべきです！」

「まあ待て待て。少し落ち着かんか」

「落ち着いてなんかいられませんよ。目の前で団長を侮辱されたってのに！」

そうだそうだと同意の声があがる。ジャックは感動したように口元を押さえ、声を潤ませた。

「おまえたち……っ！　若年寄だの何だのとぶうぶう言っていたが、実は私のことが大好きだったんだなぁ！」

「おい、おっさん！　てめえ、これだけのことされといて、黙ってあいつらに従うつもりかよ。それでも男かてめえ！」

近くにいた部下らを熱く抱擁《ほうよう》していると、威勢《いせい》のいい声とともにテオが前に出てきた。公女の猫に襲撃されて気絶していた彼だが、この騒《さわ》ぎで意識を取り戻したらしい。用心棒に水枕《みずまくら》を頭に添《そ》えてもらったまま、ぎらぎらとジャックをにらみつける。

「心配するな。おまえたち全員の身柄《みがら》を保証するよう申し出てある。やつらが用があるのは私一人だけだ。まあ、おまえたちも軍には残れんだろうが、命までは——」

「んなこと言ってんじゃねえんだよ！　なんで大人しくとっ捕まるのか意味わかんねえ。あいつらぶん殴《なぐ》って逃《に》げりゃあいいじゃねえか。どうせここにいるやつら、全員大公にムカついてんだろ。ついでに大公もオレたちでぶっ潰《つぶ》しゃいい——」

「駄目だ」

濡れた顔をつるりと撫《な》でてジャックは遮《さえぎ》った。テオはぎろりと彼をにらんだが、すぐに軽くたじろいだような顔になる。

団長の瞳《ひとみ》に直前までと打って変わって鋭利《えいり》な光が浮《う》かんでいるのを見て、騎士たちは驚いたように静まりかえった。

「——全員逆らうな。やつらは殺《や》ると言ったら本当に殺る。堪《こら》えろ」

「……」

「わかったな」

いつもの表情に戻って念を押すと、ジャックはその場を離《はな》れた。

あちこちから第五師団の者たちが親衛隊に急《せ》かされて集まってくる。皆わけがわからないという顔つきをしていた。

あとどれくらい、こうして自由の身でいられるか。本格的に拘束《こうそく》されるのも時間の問題だ。即《すなわ》ち、親衛隊の責任者及《およ》び本隊が、エルミアーナ公女の身柄を押さえてこちらへ戻るまで——。

「団長」

背後から呼び止められ、ジャックは振《ふ》り向いた。こんな時でも涼《すず》しい顔の副長が足早に追いついてくる。

「おお、戻ったか。伯爵《はくしゃく》閣下のほうは問題ないだろうな？」

「はい。——書記官室から名簿《めいぼ》があがってきましたので、これを」

差し出された名簿を開き、ジャックは素早《すばや》く目を通した。百人あまりの少数部隊だが、自分が預かる大切な兵だ。名前と顔はすべて頭に入っている。

「ん……？　おい」

人数が足りないことに気づいて顔をあげると、イゼルスにも通じたのか彼は素知らぬ顔で答えた。

「書記官室にある最新版の名簿だそうですよ」

「……」

ジャックは顎《あご》に手を当てると、真面目《まじめ》な顔で考え込んだ。


第五師団が集められているという北の中庭までやってきたミレーユは、慎重《しんちょう》に物陰《ものかげ》からそちらをうかがっていた。

集まっているのは二十人ばかりだろうか。捕まっているはずの団長もいるし、まだ事態はそれほど進んでいないようだ。うまいことに親衛隊の姿もほとんど見当たらない。ついてる、と思うと同時に変だということに気づいて、息を呑《の》んだ。

(ここにいないってことは、エルミアーナさまを捜《さが》しに行ってるってことだわ。全然のんびりしてる場合じゃない！)

意を決してそちらに走った。他《ほか》の騎士たちと話していた団長は、すぐに気づいたようで少し驚《おどろ》いた顔で出迎《でむか》えた。

「……その顔を見ると、話は聞いたらしいな。公女殿下との接触《せっしょく》も失敗したか」

「ええ、待ち合わせ場所に来られませんでした。団長、これって一体どういうことなんですか？　まさか、リヒャ……じゃない、エセルバートさまのことがばれて……!?」

ここへ来る間中、その可能性が頭の中をぐるぐる回っていた。団長とリヒャルトが手を組むことになる直前にこうなるなんて、まるで計ったような頃合《ころあ》いだ。大公の間者が潜入《せんにゅう》していたから、もしや何らかの手を使って情報をつかんでいたのではと思ったのだった。

「それはわからん。が、見せしめであるのは確かだ。私と公女殿下の双方《そうほう》に対する、な」

「見せしめ?」

眉《まゆ》をひそめるミレーユに、ジャックはうむ、とうなずいた。

「もし殿下のことが大公にばれているとしたら、これは罠《わな》だ。殿下の行方《ゆくえ》をつかもうと、私が動くのを待っているんだろう。ばれていないとしても、反大公派だということはもう知っているだろうから、どちらにしろ私は狩《か》られる。そうやって身動きできずに悶々《もんもん》とするさまを見て楽しみたいのさ、やつらは」

「狩られるって……、団長はどうなるんですか? まさか……!」

「仕方あるまいよ。この事態は私の失態だ。他の者に累《るい》を及ぼすわけにはいかん」

「なんでそんなにのんびりしてるんですか⁉ 団長もみんなも捕《つか》まっちゃうんですよ!」

緊迫《きんぱく》した様子を微塵《みじん》も見せない団長に焦《じ》れてきて思わず怒鳴《どな》りつけそうになったが、彼の態度は一向に変わらなかった。

「そうがみがみ怒《おこ》るなよ。おまえにはこれからやってもらいたいことがある」

「なんですかっ、なんでもやります、言ってください!」

「とりあえず落ち着け。——ミシェル、おまえは今からうちの親父殿《おやじどの》のところに行くんだ」

思いがけない命令に、ミレーユは訝しげに彼を見上げた。少し冷静さは取り戻したものの、急に話が飛躍《ひやく》したようで言われていることがつかめない。

「見ての通り、第五師団は全員身柄を押さえられる。私もこれから親衛隊に拘束される。誰かがこの危機と殿下の帰還《きかん》を伝えに行かねばならない。それをおまえに頼《たの》みたいんだ」

「団長のお父さんに、ですか？」

怪訝《けげん》に思ったのがわかったのか、ジャックはいつもの陽気な笑《え》みでミレーユと肩《かた》を組んだ。

「すごいぞー、うちの親父殿は。何しろ先の大公殿下の近衛騎士団総師団長だったお人だ。ギルフォード即位《そくい》の折に職を辞したが、一線を退いたとはいえ軍事力の繋《つな》がりを数多く持っている。もう六十も過ぎたというのに、素手で熊《くま》と格闘《かくとう》するような雷親父なんだぞ。すごいだろう」

「熊と!?　それはすごいですね……、じゃなくてっ。つまり、団長のお父さんも王太子殿下の味方ってことですよね？」

「無論だ。似たような猛将が部下にわんさかいるんだぞ。生っちょろい貴族の坊《ぼう》や集団と違《ちが》って、暑苦しいが頼《たよ》れるオヤジ軍団だ。ちょっと会ってみたくなっただろう？」

見張り役の親衛隊をちらりと揶揄《やゆ》するように見やり、視線を戻《もど》して片目を瞑《つぶ》る。団長がそんな隠《かく》し球を持っていたことに驚き、ミレーユは頬《ほお》を上気させた。

「よし。行く気になったのなら支度《したく》をしろ。文書を持たせるから、やつらに見つかるなよ」

そんな頼れる軍団がリヒャルトの味方になってくれるなんてと感動していたミレーユは、はたと我に返った。

「けど、全員捕まるんでしょ？　一人でも逃げたら全員処罰《しょばつ》するって……」

「あの名簿におまえの名前は載《の》っていない」

遮るように言われ、ミレーユは目を瞠《みは》ってジャックを見つめた。

「ラウールが一つ旧版の名簿を持ってきた。最近入った新人二人――おまえとロジオンの名前はまだ記録されていないものだ」

「え……新しい名簿は出来てるはずなのに。ラウール先輩《せんぱい》がそんな間違《まちが》いするなんて……」

ありえない。そう続けようとして口をつぐむ。そんな初歩的な間違いをするわけがないのはわかっている。とすると故意にやったとしか考えられないが、あの有能な仕事の鬼《おに》がなぜそんなことをしたのだろう。

考えていることがわかったのか、ジャックは愉快《ゆかい》そうに笑った。

「さてな。だが、これは好都合だ。連絡役《れんらくやく》をどうやってひねり出そうかと思っていたところだったからな。――ロジオン、おまえは私の実家を知ってるだろう。ミシェルと一緒《いっしょ》に――」

「ちょっと待ってください。団長、エルミアーナさまはどうするんですか？」

一緒にいたロジオンに話を向ける彼を、ミレーユは縋《すが》るように見上げた。そもそもこの件について話を聞きにきたのだ。

ジャックは一瞬黙《いっしゅんだま》ったが、少し厳しい目になってミレーユを見た。

「言ったはずだ。最優先すべきは王太子殿下《でんか》、そのために公女殿下を犠牲《ぎせい》にする必要があればそうすると」

「そんな！」

たちまち頭に血を上らせて抗議《こうぎ》しようとしたミレーユだったが、ジャックの瞳に深い苦悩《くのう》の色があるのを見て口をつぐんだ。

(そうよ、平気なわけないじゃない。下手《へた》に動いたらリヒャルトの身が危ないと思って耐《た》えてるんだわ……)

そのために自分が『狩られ』ても構わないとまで思っている。自分が犠牲になっても王太子のことを第一に考えなければならない立場にある人なのだ。その覚悟《かくご》をミレーユは詰《なじ》ることができなかった。

(この人たちはリヒャルトのために必要な人たちなんだし、今動けないことを責められない。でも、だからって、エルミアーナさまを見捨てるなんてできるわけない……!)

唇《くちびる》を噛《か》んで考えていたミレーユは、決心して顔をあげた。

「わたしが助けに行きます!」

「ミシェル様」

制するようにロジオンが声をあげたが、ミレーユは構わずジャックに詰《つ》め寄った。

「エルミアーナさまは今、一人で助けを待ってらっしゃるはずなんです。いくらエセルバートさまのためだからって、か弱い女の子を見捨てるような真似《まね》、団長にしてほしくありません! お願いします、団長のお父さんのところへはその後で行きますから!」

必死に訴《うった》えるミレーユをじっと見下ろしたジャックは、ふと視線を移すと、さりげなく身体《からだ》の向きを変えた。まるで誰かの視線を遮るような仕草を怪訝に思って見上げると、彼は真顔で口を開いた。

「助け出せる自信があるのか」

ミレーユは一瞬躊躇《ためら》うように間を置いたが、すぐに顔をあげた。

「……正直、わかりません。でも、命に替《か》えても、必ず助けてみせます！」

「馬鹿者《ばか》。おまえが命を懸《か》けてどうする。戻ってきてまたやることがあるだろうが」

少し呆《あき》れたようにぽんとミレーユの頭をたたくと、ジャックはそのまま耳元に顔を寄せた。

「――おまえを男と見込んで命令するぞ。必ず殿下をお連れしろ。そしておまえも無事に帰ってこい。絶対にだ」

彼の肩越《かたご》しに、遠くから黒ずくめの親衛隊の一団がやってくるのが見えた。いよいよ団長を拘束しに来たのに違いない。彼らから姿が見えないよう隠してくれているのだと気づき、ミレーユは力強くうなずいた。

「じゃ、行ってきます！」

急いで場を離れるべく踵《きびす》を返す。だがいくらも行かないうちに引き留められた。

「お待ちを。公女殿下の救出には私一人で行きます。ミシェル様を危険な場所にはお連れできません」

それまで黙《だま》っていたロジオンがやや強い口調で言った。ジャックが他の騎士《きし》らと話し始めたのを見やり、ミレーユは真剣《しんけん》な顔でロジオンに視線を戻した。

「エルミアーナさまの手を引いて、宝剣の箱を持って、もしかしたら敵と戦わなきゃいけないかもしれないのよ。いくらあなたでもその三役を一人でやるのは難しいでしょ。でもあたしが

いたら、そのどれかは分担できるわ」

「しかし！」

「足手まといにならないようにする。木刀持って突《つ》っ込んで行ったり殴《なぐ》り込みをかけたりもしない。敵が来たら隠れるか逃《に》げるかするわ。そうやってでも確実に前に進むようにする。あなたがあたしを守って余計に戦ったりしなくてもいいようにやるから」

ロジオンは鋭《するど》い目つきになってミレーユを見据《みす》えた。

「いくらミシェル様のご命令でも、今回は承服できません」

「命令じゃないわよ！　じゃあ何、あたしを置いて一人で行くって言うの？」

「こら、ここで騒《さわ》ぐな。見つかるぞ」

少し慌《あわ》てたようにジャックが戻ってくる。揉《も》めている内容を察したのか、彼は親衛隊のほうを気にしながらロジオンに言った。

「ロジオン、ミシェルが大事なら連れていけ。ここにいると余計に危ない。わかるだろう」

「……」

「親衛隊に見つかれば、当分は拘束《こうそく》状態を解かれない。それでは困る。とにかくここを離《はな》れろ。――こちらに親衛隊が来れば、公女殿下のほうの刺客《しかく》は数が減るはずだ」

第五師団の者たちは着実に集まりつつあった。親衛隊の姿も徐々《じょじょ》に増えてきている。本格的に事態が悪化するのは時間の問題だった。

「喧嘩《けんか》してる暇《ひま》ないわよ。あたしたちしか動けないんだから！」

　ロジオンは厳しい目をして親衛隊のほうを見やる。彼にとっては、本当はミレーユを置いていくのも躊躇われるはずだ。第五師団の者は全員拘束され、頼る者が誰もいない中、親衛隊が固める離宮《りきゅう》内にミレーユを一人残していけるわけがない。リヒャルトの部下たちと合流しようにも、彼らのもとに行き着く前に親衛隊に見つかるのは目に見えている。

　彼は短い逡巡《しゅんじゅん》の後、心を決めたように視線を戻した。

「――私の傍《そば》から離れないでください」

　力強い眼差《まなざ》しで言ったロジオンに、ミレーユも真剣な顔でうなずいた。


　集められた第五師団の者たちが、一人一人名前を呼ばれ名簿《めいぼ》と照合されていく中、イゼルスは最後となるだろう団長の指示を仰《あお》ぐためさりげなく近づいた。

「……例の二人、先に公女殿下のところにやったぞ」

　傍へ来た副長に気づき、目線を動かさないまま声を落としてジャックが告げる。イゼルスもまた表情を変えずに応じた。

「そんなことになるだろうと思いましたよ」

「なあ、ミシェルのやつ、本気で公女殿下に惚《ほ》れてると思うか。熱すぎるだろう、あいつ」

　つぶやくようなジャックの台詞《せりふ》を流して、イゼルスは話を戻した。

「ロジオンは王太子殿下からミシェルを守れと命じられているようですが、役目に忠実なあまりミシェルしか見ていないのが心配です。神殿《しんでん》でも尾行《びこう》している私の存在に気づいていないようでした。あれが命取りにならなければよいのですが」

ふむ、とジャックはうなった。落ち着いて見えるがロジオンはまだ若い。意外と抜《ぬ》けているのだろうかと生真面目《きまじめ》そうな顔を思い出していたが、やがてはっと息を呑《の》んだ。

「まさか、あれはでまかせだよな？　ミシェルに愛の告白をしたとかいう一件は。それで骨抜《ほねぬ》きに……！」

「ミシェルには他《ほか》に相手がいるようですよ」

さらりとした答えに、ジャックは難しい顔つきになる。

「やはり、公女殿下か……。あいつめ、相手は高嶺《たかね》の花だとわかってるのか？　若い時はえてして破滅《はめつ》的な恋《こい》に走りがちではあるにしても……」

「いえ、そちらではなく」

「あっ……、そういえば、おまえもミシェルを憎《にく》からず思っているんだったな！　気を落とすなよ？」

「ですから、違《ちが》います」

いつもの調子で会話をかわしながらも、二人の視線はひたと前方に向けられている。獲物《えもの》をなぶるような目つきで居丈高《いたけだか》にやってくる、黒い集団に。

「とりあえず、明朝までは堪《こら》えろ。朝になれば神殿の連絡橋が通じる。そうなれば、親父殿の兵力を手みやげに殿下と接触《せっしょく》を図《はか》る。決起なさるおつもりなら、我々にも勝機はあるだろう。

──その時はおまえが指揮を執《と》れ」

軽く腕組《うでぐ》みをしたままつぶやくように命じた彼に、はい、と答えてイゼルスは続けた。

「しかし、皮肉なものですね。ようやく念願の王太子殿下との繋《つな》がりをつかめたというのに、直後にこんなことになろうとは」

「まったくだ。最近どうもついてないんだよなあ。くそ、魔除《まよ》けでも買っておくんだった」

深々とため息をついて嘆《なげ》いたジャックは、思い出したように腰《こし》に佩《は》いた剣《けん》に手をやった。

「預かってくれ。やつらに絶対に取られるなよ」

八年間真《しん》の主君を待ち続け、現在の主《あるじ》のためには一度としてふるったことのない剣を、ここで汚《けが》すわけにはいかない。

そんな彼の誇《ほこ》りを知る副長は、差し出された剣を無言のまま引き受けてその場を離れた。

第二章　十一番目

どこからか聖歌が反響《はんきょう》するように聞こえている。

神を祀《まつ》る本殿《ほんでん》の、さらに奥にある祭壇《さいだん》の間。その入り口の扉《とびら》をくぐると、頭上から純白の花びらがはらはらと舞《ま》い落ちてきた。

確かこんな神話があった。神聖な場所へ入る時、神に祝福された者にだけ、証《あかし》として白い花の雨が降るという。

それを思い出して顔をあげると、花かごを持った白髭《しろひげ》の老人が目を細めて見ていた。

「フフフ……。驚《おどろ》かれましたかな？」

リヒャルトは髪《かみ》にかかった花びらを払《はら》いながら、軽く苦笑《くしょう》してうなずいた。お茶目なところは相変わらずのようだ。

「おかえりなさいませ、殿下。よくぞお戻《もど》りくださいました」

「ええ。お久しぶりです、……先生」

子どもの頃《ころ》、定期的に宮殿《きゅうでん》を訪《おとず》れてはいろんなことを教えてくれたかつての教師の一人——神官長は、八年前と何ら変わったところはないようだった。しいて言えば、こちらの背丈《せたけ》が伸《の》びたせいで、あの頃とは目線が違《ちが》っていることくらいだ。

「いやはや、ご立派におなりで……。皆《みな》さまお待ちかねですぞ。きっと喜ばれるでしょう」

嬉《うれ》しげに言いながら、神官長が奥へと促《うなが》す。次の間であるその小部屋の奥に、さらに扉が続いている。あの向こうが今夜の会談の場だ。

「剣をお預かりします」

傍にいた若い神官が、うやうやしく両手を差し出す。リヒャルトはそれをちらりと見たが、何も言い返さず剣帯の留め具を外した。

「ああ、頼《たの》む」

「殿下」

付き従ってきた配下の者らが不満げな声をあげた。何が起こるかわからない場所に丸腰《まるごし》で入るのは気が進まないようだったが、主があっさり応じたのを見てしぶしぶのように自分たちもそれに倣《なら》った。

武器を預け、身軽になった王太子を見て、神官長が待ちかねたように話を続けた。

「ところで、殿下。実は昨夜、可愛《かわい》いお客人がおいでになりましてな。楽しくお茶を飲んだりおしゃべりをしたりしたのですが」

「お客？」

「フフ……。殿下もなかなか、おやりになりますなあ」

「……何のお話ですか？」

訝《いぶか》しげなリヒャルトを、楽しげに含《ふく》み笑いしながら神官長は促した。

「その件につきましては、また後ほどゆっくりと。——ではまいりましょうか、殿下」

奥の扉の前にいた神官が二人、両開きの扉に手をかける。開かれた向こうに待つ者たちの姿を目にして、リヒャルトは表情をあらためた。


少し思い出話でもしましょうか。そう、神官長は穏《おだ》やかに切り出した。

——八年前、シアラン宮殿で何が起こったか。

「事の発端《ほったん》はやはり、あの流行《はや》り病ですな」

正確な病名は今もわかっていない。当時、都にじわじわと広まっていた流行り病は、高熱による幻覚《げんかく》、幻聴《げんちょう》を伴《ともな》う『死の病』とされた。宮殿で最初にその病に斃《たお》れたのは、前大公とその父——つまりリヒャルトの父と祖父だった。

「前大公殿下のご兄弟方、そして奥方やお子様たち……。多くの方が罹患《りかん》され、そのほとんどが残念ながら亡《な》くなられましたな」

「……しかし、私と母と妹にだけは、まったく何の害も及《およ》ばなかった」

リヒャルトはつぶやくように後を受けた。流行り病の初期の犠牲者《ぎせいしゃ》である前大公と住まいを同じくし、接触時間が長かったにも拘《かか》わらず無事だった三人。不思議だとか運が良かったとか、そんな言葉では済まされない何かが、あの頃の宮殿にはあった。

「原因のわからない病に怯《おび》えた人々が占《うらな》い師にすがりついたのも、無理からぬことです。もともとシアランは迷信深い国柄《くにがら》ですゆえ、彼らは占いに出たことを頭から信じてしまいました。数人の占い師すべてが、口をそろえて同じ結果を出したのですから――」

シアランの神の怒《いか》りを買ったのは、アルテマリスの血を君主一族に入れたからだ。――それが、彼らにもたらされた『答え』だった。

数百年の昔、大陸を統一した覇王《はおう》ランスロット・アスリムは、当時のシアラン地方を攻《せ》めた際に神々の怒りを買い、以来覇王の血筋は忌《い》まれるようになったという。その覇王の血筋の一つが、現在のアルテマリス王家だった。つまり、リヒャルトの母の家系である。

「平時なら単なる風説で済んだことでしょう。しかし、病の影《かげ》に怯える人々にはもっともらしい説得力をもって広まってしまった。――そして、ギルフォード殿下が立たれた。『アルテマリスの穢《けが》れた血を排除《はいじょ》する』との名目で、粛清《しゅくせい》が始まってしまったのです」

その最初の標的となり、罪を着せられ国を追われたのが王太子であったのは言うまでもない。

「おそらくギルフォードは口実が欲しかった。王太子を追放し自分が大公位にのぼるために。その占いとやらも仕組まれたことだったのでは？」

冷静なリヒャルトの指摘《してき》に、列席者らは黙《だま》ったまま目を伏《ふ》せる。代表して神官長が答えた。

「我々はそれに気づくのが遅《おそ》すぎましたな。殿下が追放処分になられた後、大公は他のご兄妹《きょうだい》方にも処罰《しょばつ》の矛先《ほこさき》を向けるようになりました。謀反《むほん》の嫌疑《けんぎ》で皆様《みなさま》は国を追われ、逆らう廷臣《ていしん》は容赦《ようしゃ》なく罰《ばっ》せられた。彼らを匿《かくま》った他国の宮廷《きゅうてい》や貴族方も被害《ひがい》を受けたと聞きます」

そうして占いによる狂信《きょうしん》派の王太子追放劇は大公家の跡目《あとめ》争いに発展し、やがてそれは様々な要素がからんで大陸各国に飛び火していった。だが、軍事力豊かな南大陸の帝国《ていこく》と同盟を結んだシアランに、西大陸の各国はうかつに手を出すこともできなくなってしまったのだ。

「ここにおられる誰一人として、大公殿下の最初の政策をお止めした方はおられませんでしたな。もちろん、私を含めてですが」

神官長の静かな言葉に、貴族らは気まずそうに目を見交《みか》わして黙っている。

あらためて子細を聞いたリヒャルトは、一つ息をついて口を開いた。

「恨《うら》み言を言うためにここへ来たわけじゃない。ただ、それについて確かめたいことがある」

居並ぶのは二十数人の貴族たち。どれも父の代の廷臣だった者たちだ。すでに宮廷を去った者、今も役職についている者様々だが、これだけの者がそろうのは奇跡《きせき》に近い。時間を無駄《むだ》にはできなかった。

「まず疑問だったのは、あれが本当に流行り病による病死だったのかという点だ。あまりにも死亡者に偏《かたよ》りがありすぎる。都合よくと言うのか、大公家に近い血筋の者ばかりが死んでいるだろう。流行り病というより、何か意図的なものが背景にあったと考えるほうがしっくりくる」

「それは、大公家の血筋に覇王の血が入ったことによる天罰《てんばつ》だと、当時は言われておりましたが……」

言いかけた一人が、失言したことに気づいて慌《あわ》てて口をつぐむ。再び気まずげな空気が流れかけたが、リヒャルトは構わず、部下に持ってこさせた書類を開いた。

「そういう非現実的な説が信じられない性質《たち》なものでね。――当時、流行り病で亡くなったとされる人すべてについて調べた。病状や罹患したと思われる経緯《けいい》などから、ある仮説を立ててみたんだが……、話を聞いただけでは確信が持てなかったから、了解《りょうかい》を得て墓を見てみた」

並べられた書類をのぞきこんでいた数人が、ぎょっとしたように顔をあげた。

「墓を見たとは、もしや開けて見られたので？」

「ええ。とはいえ大公家直系の墓園には入れないから、うまく連絡《れんらく》が取れた親戚《しんせき》筋のものを十基ほどだが」

「……殿下が御《おん》自ら、ご覧になったのですか？」

「もちろん」

恐《おそ》る恐る問いただす紳士《しんし》に、リヒャルトは真顔でうなずく。その光景を想像したのか、列席者の喉《のど》を鳴らす音が響《ひび》いた。

「結果、どれも共通する特徴《とくちょう》があった。――彼らは皆、病で死んだんじゃない。何者かに殺されたんだ」

静かな声での発言に、一同は緊張《きんちょう》した眼差《まなざ》しで注視する。間近にいた初老の紳士がたじろいだように口をはさんだ。

「どういうことです？」

「実際に、流行り病はあったのだと思う。だが死に至るほどのものではなかった。現に回復した者も多く確認されている。この中にも罹患した人がいるでしょう。ならば違和感《いわかん》に気づくはず。亡くなった人たちと違《ちが》う点があると」

調査書類を示されて、列席者たちの視線が落ち着きなくさまよった。この中で当時病を得ていたのは誰か、探《さぐ》っているような目だ。そんな中、回された書類を読み込んでいた者らが、やがて呆然《ぼうぜん》としたような顔つきで目線をあげた。

「確かに、違います。高熱が続くこと、それに伴う脱水症状《だっすいしょうじょう》、幻覚幻聴《げんかくげんちょう》というのは同じですが……。この、『青い斑点《はんてん》』や『瞳《ひとみ》の赤い変色』というのは、記憶《きおく》にありません」

一人の言葉に、一緒《いっしょ》に書類を見ていた他《ほか》の者たちも口々に同意する。

「しかし、そんなにわかりやすい特徴が出ていたなら人の口にのぼっただろうに……。亡くなったのは大公家のお血筋の方ばかりでしょう。ならば侍医《じい》が知らないはずがないが……」

もっともな疑問が挙がり、リヒャルトは軽くうなずいた。

「当時の侍医長とは連絡がとれない。――誰か、行方《ゆくえ》を知っている者は？」

誰もが眉《まゆ》をひそめ、顔を見合わせる。

「確か、あの流行り病の蔓延《まんえん》で、責任を取って辞職したとか……」

「いや、自身も罹患したために静養していると聞いたぞ」

「私が聞いたのは、医学を深めるために東へ留学したと……」

口々に噂《うわさ》が出たが、明確な答えは出なかった。訝しげにしていた彼らの顔に、徐々《じょじょ》にまさかという色が浮《う》かぶ。

「侍医長がこの件に加担していたのか、それとも逆に真相に気づいて消されたのか、それはわからない。……察した者もいるだろうが、犠牲者の本当の死因は毒殺だ」

淡々《たんたん》と説明をするリヒャルトを、一同は言葉もなく見つめている。

「亡くなった人には全員、とある薬草を多量摂取した時に現れる症状《しょうじょう》が出ていた。先程《さきほど》挙がった『青い斑点』、『瞳の赤い変色』、そして遺灰には『青い鱗粉《りんぷん》のようなもの』が出る。流行り病ということで遺体を詳《くわ》しく見る者も当時はいなかったんだろう。それを逆手に取ったというわけだ。だから情報が漏《も》れなかった」

「つまり、病を隠《かく》れ蓑《みの》にした殺人だった……？」

身を乗り出して訊《たず》ねた紳士にうなずき、リヒャルトは少し間を置いてから続けた。

「その植物は、微量《びりょう》なら薬となるが多量だと毒になる。珍《めずら》しい古代種で、自生種は現在確認されていない。栽培《さいばい》地は西大陸中で十六ヵ所。そのうち、シアラン国内での該当《がいとう》地は一つだけ。……この神殿《しんでん》だ」

誰もが息を呑《の》んだ。無言のまま話を聞いている神官長に視線が注がれる。

「他の十五ヵ所については私が自ら赴《おもむ》いて調査をしました。結果、シアラン大公家絡《がら》みの事情や不正に流出した形跡《けいせき》は見あたらなかった。もちろん見落としている可能性もあります。しかし、シアラン国内で唯一《ゆいいつ》栽培《さいばい》されているのが神殿であるということが偶然《ぐうぜん》だとはとても思えません。何か関わりがあるのではありませんか。神官長」

「……」

「あなたは八年前のあの日、私の授業のために宮殿におられた。しかし本当は、他にも理由があったのではありませんか？　本来ならばあの日は、あなたの授業を受ける日ではなかった」

冷静な声での追及《ついきゅう》を、神官長はなおも黙って聞き入っている。双方《そうほう》とも激したところは微塵《みじん》もない。だが場内は凄《すさ》まじい緊張感《きんちょうかん》ではりつめていた。

「その薬は服用ではなく焚《た》いて吸引するものです。変色がひどいため、普通《ふつう》の香炉《こうろ》で使う者はまずいない。あの頃、父のもとに真新しい香炉が贈《おく》られてきたのを覚えています。あなたからの贈り物だと言っていたのをこの耳で聞きました。調べてみると、亡くなった人全員のところに神殿から香炉が贈られている。これは偶然でしょうか？」

「神官長様、まさか……！」

誰かが恐ろしげな声で詰《つ》め寄るのを制し、リヒャルトは続けた。

「疑いたくないから確かめたいのです。知っていることを話してください」

あくまで調べた事実を並べただけだ。だからといって神官長が黒幕だなどと短絡《たんらく》的な結論を出すつもりはなかった。

長い沈黙《ちんもく》をやぶり、神官長はようやく口を開いた。

「――お見事です、殿下《でんか》。そこまでお調べになっていたとは」

ざわっと場内が揺《ゆ》れる。リヒャルトは少しの間神官長を見つめたが、やがて息を吐《は》いた。

「その薬草について教えてくださったのはあなたですよ。……先生」

「神官長様、これはどういうことです」

焦《じ》れたように貴族の一人が咎《とが》めるような声をあげる。旧王太子派の会合を開くべくこうして会場を提供している神官長が、もし八年前の件に加担しているとなれば、ここへ集まった者は皆《みな》、罠《わな》にかかった獲物《えもの》だ。誰もがそれを恐れている顔だった。

「すべてお話ししましょう。その前に、皆様にご紹介《しょうかい》しておかねばならない御方《おかた》がいらっしゃいます」

穏やかな表情で神官長は言った。合図を受けた神官が、扉《とびら》を軽く叩《たた》く。

「ウォルター伯爵《はくしゃく》に捜《さが》していただき、お連れいただいたのです」

「伯爵に……？」

警戒《けいかい》したようにつぶやいた矢先、部屋の扉がゆっくりと開いた。

神官に先導されて、男が一人、姿を現す。焦《こ》げ茶の髪《かみ》に藍色《あいいろ》の瞳。実直そうな表情、若かりし頃《ころ》の父大公に似た整った面立《おもだ》ち――。

言葉にならない驚愕《きょうがく》の声があがる中、リヒャルトは愕然《がくぜん》とその男を見つめた。

「――久しぶりだな。エセルバート」

八年前、自分を奈落《ならく》の底にたたき落とした男が、笑《え》みを浮かべてそこに立っていた。

「ギルフォード殿下!?」

「大公殿下……っ！」

居並ぶ者たちの間から、恐れの混じった驚《おどろ》きの声があがる。

「これはどういうことだ！」

「よもや殿下を売り渡《わた》すつもりで……！」

怒りと焦燥《しょうそう》の声をあげたのは、王太子に同行してきた近衛たちだ。部屋へ入る時に武器を取られているため、彼らは丸腰《まるごし》だった。

非難の声と視線を浴びながらも泰然《たいぜん》と座っていた神官長は、表情を変えず軽く手をあげた。

「まあ皆様、お静まりください。──殿下も、その左のお手の得物《えもの》をお収めくださいませ」

はっと近衛らが視線を走らせる。リヒャルトが左手に短剣《たんけん》の鞘《さや》を握《にぎ》っているのを見て、一同が息を呑んだ。

「殿下。武器はすべてお預かりしたはずですが」

一人だけ動じていない様子の神官長に、リヒャルトは鋭《するど》い視線を向けた。

「申し訳ないが、私はもう昔のようにお人好《よ》しではありません。ここが危険な場所であるということを承知で招待に応じたのはご存じのはず。これくらいの備えは許していただきたい」

「私どもを信用しておられないのですか？」

「そう簡単に死ぬわけにはいきませんので」

短く答え、ギルフォードに目を戻《もど》す。生涯《しょうがい》の仇《かたき》とまで思っていた男が目の前にいるのに、不思議と思っていたような激情はわきあがってこない。神殿に招かれた時点で何かあると覚悟《かくご》していたからだろうか。

「皆様《みなさま》、お静まりください。この方は大公殿下ではございません」

「何を仰《おっしゃ》る。確かに髪の色は違うが、どう見ても殿下ではありませんか」

非難の声があがるのを聞いて、はっとする。そうだ、確かに──。

「色が違う……」

リヒャルトのつぶやきに、貴族たちが怪訝《けげん》そうに視線を向けた。

「瞳の色だ。ギルフォードは空色だが、彼は濃《こ》い……藍色だ」

自分で言ったその事実に、違和感を覚える。混乱してきてリヒャルトは頭を押さえた。

（いや、違う……。ギルフォードの瞳の色は……）

幼い頃の記憶がよみがえる。勉強を教えてくれた兄は、確かに青い瞳をしていた。シアランの貴色と同じ、深い青色で──自分はそれがひどく羨《うらや》ましかった。

その兄が大病を患《わずら》い、そのせいで瞳の色が薄《うす》くなってしまったと聞いた時、自分のことのように悲しんだのを覚えている。

（どうなってる……？）

髪の色ならば染め粉で変えられるが、瞳の色までは無理だろう。病で色が薄れることはあっても、濃くなるなど聞いたことがない。

「この方は先の大公殿下の第一公子、ギルフォード殿下であられるのは間違《まちが》いございません。ですが、宮殿《きゅうでん》におられる大公とは別人なのです」

穏《おだ》やかな神官長の声に、部屋の中は静まりかえった。

言われた意味を理解しかねて戸惑《とまど》うリヒャルトに、神官長はゆっくりと続けた。

「玉座にいるのは、ギルフォード殿下を追放して成り代わった偽者《にせもの》――。ギルフォード殿下の双子《ふたご》の兄であり、あなたの十一人目の兄弟にあたる人なのです。エセルバート殿下」

それは、まさしく足下《あしもと》が崩《くず》れ落ちていくほどの衝撃《しょうげき》の事実だった。

「偽者……!?」

呆然とつぶやいて彼を見つめる。八年間憎《にく》み続けてきたはずの相手が、まるで別人だった。にわかにはとても信じられなかった。

見つめていると胸が悪くなるほどよく似ている。仇の顔が目の前にあるからなのか、それとも入れ替《か》わりの事実を知ったせいなのか、額に冷たい汗《あせ》が浮かぶのを感じた。

「どういうことなのです。ギルフォード殿下が、その、兄君を身代わりとして宮殿に置かれていると……、いや、追放したと仰いましたな。し、しかし、そもそも、双子だったという話はついぞ聞いたことがありませんぞ」

初老の紳士《しんし》が混乱を隠そうともせず追及し、周囲も同意するようにうなずく。前大公の子は男子が六人、女子が四人だけのはずだ。生母の身分が低いからといって認められないということはない。父親が大公でさえあれば、大公家の人間として系図に書き加えられることになっている。

「記録には残っておりません。生まれ落ちて間もなく、この神殿に引き取られましたのでな。ですから先の大公殿下でさえ、最初の御子《みこ》が双子だったということはご存じないのです」

「そんなことがありうるのですか？　大公殿下のお耳に入らないなど――」

「……僕の母が人一倍迷信《めいしん》深かったのは知っているでしょう」

『ギルフォード』が口を開いた。瞬間《しゅんかん》、場内が静まりかえる。自分を見る目つきの奇異《きい》さに気づいたのか、彼は苦笑《くしょう》した。

「突然《とつぜん》現れて、驚かれるのも無理はありません。自分でも信じられませんでしたから……。僕が兄の存在を知ったのは十八の時です。ある日突然、気分が悪くなって気を失って……。後で聞いた話では、僕はその時一度死んだらしいのですが、自分では気づかなくて……。いわゆる仮死状態というやつです。それでうっかりそのまま埋葬《まいそう》されてしまいまして」

訥々《とつとつ》と語る彼を、一同は驚くやら面食《めんく》らうやら、微妙《びみょう》な顔つきで見つめた。言っている内容は衝撃的なのだが、語り口がのんびりしていてそぐわないのだ。

見かねたのか、神官長が口を添《そ》えた。絶句しているリヒャルトに穏やかな眼差《まなざ》しを向ける。

「先程《さきほど》、殿下が仰った毒薬の最初の被害者《ひがいしゃ》が、ギルフォード殿下だったのです。奇跡《きせき》的に毒は効かず、本当に亡くなることはありませんでしたが、それを機に兄のほうが宮殿に入って成りすましてしまったというわけです」

ギルフォードはうなずいて、また口を開いた。

「掘《ほ》り起こして助けてくれたのは母でした。運良く息を吹《ふ》き返したのですが、危険だから逃《に》げろと言われて……。その後、母も病死に見せかけて殺されてしまいましたが、事情を聞いていた僕は潜伏《せんぷく》しているしかありませんでした。まさかその後であんなことになるなんて思わなかった……。すまなかった、エセル。助けてやれなくて」

　憐れむような目で見つめられ、リヒャルトは軽く目眩《めまい》を覚えて眉間《みけん》を押さえた。おっとりした口調は間違いなく思い出の中の兄だった。しかしそれと同じ顔をした男に受けた仕打ちを思うと、昔のように屈託《くったく》なく親しみを持つにはまだわだかまりがあった。

「……それで、双子の兄が系図に書き加えられなかったのはどういう理由があったのですか。神官長」

なんとか冷静さを保って話を向けると、神官長はゆっくりとうなずいた。

「ギルフォード殿下の母君は懐妊《かいにん》中によく悪夢を見られたそうで、不安に思って占《うらな》い師に頼《たよ》られたそうです。そこで出た結果は、生まれるのは双子で、先に生まれた方は災いをもたらす子だというものでした。母君は大公殿下の勘気《かんき》を被《こうむ》るのを恐《おそ》れ、生まれたのが双子だという事実を隠して一人を宮殿の外にひそかに出すことにされました。そしてその子はここへ来たのです」

「待ってください。神殿《しんでん》に引き取られたということは、もしかして――」

「そうです。兄のほうは異能の力がありました」

その言葉に場内はざわめいた。どの顔にも緊張《きんちょう》が走っている。偽者だったというだけならまだしも、それが異能の者だというのだから不気味さが増すというものだ。

彼は神殿の薬草園を手伝っていました、と前置きして神官長は続けた。

「手で触《ふ》れると相手の心を読むことができるという能力でしたが、力の発現にムラがありましてな。そういう者は、成長するにつれ力がなくなる場合がございます。しかしその行く末を見届けることはできませんでした。十二の時、旅先で病にかかり、そのまま帰らぬ人となってしまいましたから」

「死んだ……？　では、あの大公は――」

「いえ、死んでいなかったのです。素姓《すじょう》を知った何者かが彼にそれを教え、死んだと見せかけて連れ去った――。そんなところでしょうな。それきり数年が過ぎ、表舞台《おもてぶたい》に現れるまで、どこで何をしていたのかはわかりません」

表舞台に現れたというのが何を指すのか、言われずとも察せられた。すなわち、双子の弟であるギルフォードを暗殺し、成り代わった時のことだろう。

「入れ替わったのは、あの大病を患ったとされる時のことですか？」

「ええ、そうです」

「……なるほど」

リヒャルトは低くつぶやいた。あの時以来、兄は他《ほか》の弟妹《きょうだい》たちを寄せ付けなくなった。それまではよく訪ねて勉強を見てもらったりしていたから態度の豹変《ひょうへん》した兄を不思議に思ったが、徐々《じょじょ》に交流は途絶《とだ》えて行った。代わりに兄は占い師を重用するようになり、それが今のシアランの体制にも影響《えいきょう》している。

いくら双子であっても入れ替わって成りすますことができるのかと言われれば、可能だと言うしかない。現に自分も、人が変わったようになった兄について「大病を得たせいで人生観が変わったようだ」という周囲の者たちの評価を何の疑問もなく信じていた。

「……占いは、当たったわけですな」

誰かがぽつりと言った。生まれる前に「災いをもたらす子」だと予言された双子の兄は、確かにシアラン公国にとって最大の災いとなったのだ。

「しかし、なぜこのことが明るみに出たのですか。本物の……殿下《でんか》は行方《ゆくえ》が知れず、母君も亡《な》くなられていたのに。誰が調べたのです？」

名前を口にするのも兄と呼ぶのも躊躇《ためら》われて、そんな呼び方をしてしまったリヒャルトに、神官長は咎《とが》めることなく答えた。

「最初に入れ替わりに気づかれたのは、サラ・ウォルター伯爵令嬢《はくしゃくれいじょう》です」

「サラが……!?」

思わぬ名前が出てきてリヒャルトは目を瞠《みは》った。

「どうしてお気づきになったのか、今となっては知る由もありません。サラ嬢は亡くなっておられるわけですからな。詳細《しょうさい》をお調べになったのは、サラ嬢の死後、日記でそのことをお知りになったウォルター伯爵です。長年ギルフォード殿下を捜《さが》し続け、ようやく見つけ出して、昨日ここへ連れて来てくださいました」

「……」

「殿下。サラ嬢が殺害されたのは、大公の秘密を糾弾《きゅうだん》しようとなさったからではないでしょうか。八年前のあの日、私はサラ嬢に『確かめたいことがある』と言われたのですよ。殿下の授業が終わった後で時間を取ってくれないか、と。結局、それは果たせませんでしたが……」

呆然《ぼうぜん》としているリヒャルトに、神官長は微笑《ほほえ》んで続けた。

「私はお父君にも他の方々にも、香炉《こうろ》をお贈りしたことはございません。八年前のあの日、急遽《きゅうきょ》授業をすることになったのも偶然《ぐうぜん》です。というより、仕組まれた偶然というべきでしょうかな。――私も罠《わな》にはめられたのですよ、殿下」

その日以来、幽閉《ゆうへい》状態にある彼は、静かな声でそう言った。

自分が思っていたよりもはるかに大きな謎《なぞ》があったことを知って、リヒャルトは言葉もなく視線を落としていた。長子である兄が野心のために王太子の弟を陥《おとしい》れ、大公位を簒奪《さんだつ》した――そんな簡単な構図ではなかったのだ。

（あいつは、偽者か……！）

その偽者の野心のために一族の者たちの命が奪《うば》われ、王太子としての自分とサラの名誉《めいよ》が貶《おとし》められた。そして今はシアランの国民を怯《おび》えさせ、国自体の誇《ほこ》りも汚《けが》されている。それを思うと新たな怒《いか》りが胸の底によどんだ。なんとかそれを押し殺し、リヒャルトは顔をあげた。

「……申し訳ないのですが、まだ気持ちの整理がつきません。ゆっくり話をするのはまた日を改めさせてください」

自分に言われているとわかったのか、ギルフォードは嬉《うれ》しそうな、複雑そうな顔で笑った。

十八の時にそんな目に遭《あ》ったとすると、それからちょうど十年が経過したことになる。ずっと隠《かく》れ潜《ひそ》んだ生活で苦労しただろうが、笑顔《えがお》は十年前とあまり変わっていないように思えた。

感傷を振《ふ》り切るように、話を進めるべくリヒャルトは神官長を見る。

「ヒースクリフ・シャーウッド卿《きょう》をウォルター伯爵と組ませたのは、もしやこれが理由だったのですか？」

「その通りです。ご存じの通り、神官のほとんどはこの神殿から出ることができません。それで自由が利《き》くヒースを行かせました。伯爵が大公偽者説をつかみ、本物を捜しておられると聞いて、協力させるために——」

「では、ベルンハルト公爵令嬢《こうしやくれいじよう》誘拐《ゆうかい》の件についてもご存じだったと？」

険しい目つきになるリヒャルトに、神官長は申し訳なさそうな顔になった。

「情報を提供する代償《だいしよう》として、伯爵はヒースにミレーユ嬢の身柄《みがら》確保をお命じになったそうです。我々はその情報がどうしても欲しかった。それがつかめれば殿下の帰還《きかん》に弾《はず》みがつき、我々の幽閉も解かれるわけですから。——ところがヒースは途中《とちゆう》で伯爵の異様さを嗅《か》ぎ取り、ミレーユ嬢を拘束《こうそく》することを躊躇いました」

彼がミレーユの名を親しげに口にすることを少し不審《ふしん》に思いながらも、リヒャルトは無言で先を促《うなが》した。

「それでいいよ」

「その報告が来た時、とにかく今は神殿のために伯爵の言うことを聞くようにと説得しました。

思えばその時ヒースが感じた予感は当たっていたのかもしれません。協力を続行させ、ミレーユ嬢をシアラン国内に連れてこさせたのは私の過《あやま》ちです」

申し訳ありません、と神官長が詫《わ》びるのをリヒャルトは苦い思いで見つめた。自分のためにしてくれたこと、そう思うと一概《いちがい》に責められない。結局のところ、ミレーユを巻き込んだのは自分のせいなのだと思い知っただけだった。

「殿下、公爵令嬢は花嫁《はなよめ》行列と共にいらしたのではないのですか？　今のお話を聞いていると、まるで神官に攫《さら》われてきたかのような……」

列席者の一人が不思議そうに口を挟《はさ》む。派手な花嫁行列が宮殿《きゅうでん》に入ったのを見ていれば、疑問にも思うだろう。

「内密に頼《たの》みたいが……宮殿に入ったのは身代わりだ。本物は別の場所にいる」

その言葉に、場内は驚《おどろ》いた顔になる者と納得《なっとく》したような顔になる者とで分かれた。先程訊《たず》ねた貴族が重ねて訊ねる。

「つまり、ウォルター伯爵の意思で本物を攫わせたと？　一体、伯爵はミレーユ嬢を確保して何をするつもりなのです？　神官長様」

「さて。人質《ひとじち》にするのだと話されていたそうですが、詳《くわ》しくはわかりません。どうなのでしょう、殿下」

話を向けられ、リヒャルトは考え込みながら答える。

「私にも似たようなことを言っていました。しかし、それだけではないような気がするんです。

もっと他に何か理由があるのかもしれない」

一つ気になることがあった。昼の連絡橋《れんらく》開通で神殿に入ってきた部下が、フレッドからの手紙を持ってきたのだ。

ウォルター伯爵には黒い噂《うわさ》がある――手紙にはそう書いてあった。具体的に書かれていなかったのはまだ未調査だからなのか、それとも慎重《しんちょう》を期してあえて伏《ふ》せたのか。それがわからないからこそ気にかかる。

「ですがウォルター伯爵は大公殿下が偽者だということをつかみ、本物のギルフォード殿下を捜しだしてここへ連れてこられた。それは王太子殿下の味方ゆえの行動でしょう。公爵令嬢の件もそういう思惑《おもわく》なのでは？」

「いや……。そんな単純な人じゃない。たとえそうだったとしても、何か裏があると思う。大公の失脚《しっきゃく》を謀《はか》っているのは確かだとは思うが……」

本当に、本人が言っていた通り、自分の味方だったのだろうか。だがそうするとミレーユを執拗《しつよう》に欲《ほっ》しているのはなぜなのだろう。彼の執着《しゅうちゃく》ぶりは異常だ。「アルテマリスの後見を得るための人質」というのでは、行動原理として薄《うす》い気がする。

（黒い噂ってなんなんだ。フレッド……！）

そこにすべてが隠されている気がする。重苦しい不安がこみあげてきた。

「伯爵は、心を病《や》んでおられるのやもしれませんな……。お会いした時、少しそのような印象を持ちました。妹君を亡《な》くされてから、あの方は変わられましたな」

「……そうですね」

　ギルフォードと同じく、伯爵もまたかつては明朗で優《やさ》しい良き『兄』だった。おそらくあの頃《ころ》の彼に戻《もど》ることは、もうあるまい。

「伯爵はまだ神殿に？」

「いいえ。昼の開門で退出されました」

「知らせと入れ違《ちが》いか」

　眉根《まゆね》を寄せたリヒャルトは、はっと顔をあげた。

「離宮《りきゅう》へ寄ると言っていましたか？」

「さあ、そこまでは聞いておりませんが。時間的に見て、立ち寄られたやもしれませんな。昼三時にここを馬車で出発すれば近くに宿を取らねばなりません。その点、離宮は最適です」

「……」

　思わず息を呑《の》む。立ち寄っていたとしたら、ミレーユと遭遇《そうぐう》するかもしれない。もし今そんなことになったら――。

　ドンドンドン、と激しく扉《とびら》をたたく音が響《ひび》き渡《わた》り、ぎくりとして我に返る。間髪《かんはつ》入れず、部下の一人が慌《あわ》ただしく飛び込んできた。

「申し上げます！　殿下、対岸から合図がありました。二種類です」

　きびきびと報告した彼は、こわばった顔で続けた。

「南の空、イルゼオン離宮の方角が赤く染まっております。おそらく火災では――」

「何……!?」

リヒャルトは椅子《いす》を蹴倒《けたお》して立ち上がった。

ざわつく場内、神官の一人が窓を開けてくれる。見れば、紺碧《こんぺき》の空の一角が確かにぼんやりと赤い。同様に窓辺へ出てきた者たちも、それを確認して息を呑んでいる。

「そういえば大公は公女殿下《でんか》の失踪《しっそう》を気にしておられたようだったな。まさか粛清《しゅくせい》を――」

「宮殿を出る時、親衛隊を出させようとしているのを見ましたぞ」

「では、公女殿下のお命を狙《ねら》って離宮に火をかけた……!?」

宮殿から来た者らが眉《まゆ》をひそめて言い合うのを耳にし、背筋が冷えるような思いがした。

離宮からここまではどんなに馬を飛ばしても一時間はかかる距離《きょり》だ。それを鑑《かんが》みると、当の離宮はどんな有様になっているのか考えるだけでも恐《おそ》ろしい。青ざめた顔で濃紺《のうこん》の空に差す紅《べに》色を見つめたリヒャルトは、足早に席に戻ると一同を見渡《みわた》した。

「……申し訳ないが、会談は一時中断させてくれ。離宮に戻る」

突然《とつぜん》の申し出に、皆《みな》が驚いたように注目した。

「殿下？　どういうことです？」

「あそこには本物のミレーユがいる。第五師団と行動を共にしていて……おそらく今はエルミアーナのところにいるはずだ」

「公爵令嬢が？　公女殿下に預けておられるのですか？」

「違《ちが》う。……エルを迎《むか》えに行ってくれるよう頼んだんだ。俺が……」

自分で自分の言っていることが信じられなかった。よりによってなぜ今日なのだ。明日になれば、ミレーユとエルミアーナを迎えに行けるはずだったのに。

嫌《いや》な予感が冷たく這《は》いのぼってくる。予感はもはや確信に近かった。

「湖の対岸にいる部下から合図があった。離宮に変事があった場合と第五師団に何かあった場合の二種類を用意させていたが、そのどちらもあったらしい」

「しかし、第五師団の者が守っているのでしょう？」

「いや、師団長はじめ、彼女の素姓《すじょう》を誰も知らない。それに、エルミアーナのことを知って大人しくしているような人じゃないんだ。以前離宮に刺客《しかく》が来た時も率先《そっせん》して救出に行ったようだから」

「は……!? い、一体、どういう令嬢《れいじょう》なのですか？」

目を丸くしている貴族たちに答える余裕《よゆう》もなく、リヒャルトは神官のほうを振り返った。

「剣《けん》を返してくれ。すぐに引き返す！」

「何をおっしゃいます！　親衛隊が占拠《せんきょ》している場所に戻るなど、危険です」

「殿下が向かわれずとも、殿下の近衛にお任せすれば——」

「俺以外に誰も彼女のことを知らないんだ」

言葉に出した途端《とたん》、強烈《きょうれつ》な後悔《こうかい》がこみ上げた。

騒《さわ》ぎになろうと構わず、昨夜あのまま神殿《しんでん》に引き留めて、自分の傍《そば》に置いておくべきだった。

いや、それを言うならもっと早くにこちらに保護していれば——それとも最初にすべて事情を話してアルテマリスにいてくれるよう説得していれば。

（落ち着け――）

自分の判断のまずさに目眩がしそうだった。だが取り乱しているだけでは何にもならない。大きく息をついて、王太子の顔を取り戻そうと試みる。

「……ミレーユだけじゃない、あそこにはエルミアーナと彼女が持ってきた蒼《あお》の宝剣《ほうけん》がある。私がアルテマリス国王陛下の後見を得るために必要不可欠なものだ。その在処《ありか》を知っている者は他《ほか》にいない。行かないわけにいかないんだ」

アルテマリスの名を出すと、途端に雰囲気《ふんいき》が変わった。大国の援助《えんじょ》を受けた上で王太子の帰還も果たされると、誰もがわかっているのだ。

「ですが、お戻りになるとしても策はあるのですか？　おそらくかなりの多勢で親衛隊を送りこんで来ているはずです。殿下《でんか》お一人で、公爵令嬢と宝剣の二つを取り戻して無事にお戻りになる保証はあるのですか？」

「二つじゃない、エルミアーナもだ」

リヒャルトは訂正《ていせい》し、続けた。

「湖の向こう岸に、従者と馬を待たせてある。飛ばせば離宮までそう時間はかからない。あちらには第五師団が駐留《ちゅうりゅう》しているから、彼らに協力を要請《ようせい》する」

「そうは仰《おっしゃ》っても、どうやって向こう岸まで行かれるのです。ご存じでしょうが、今は橋のかかる時間ではありません。橋を下ろそうものならたちまち警備兵に見つかりますぞ」

「下ろさなくていい。泳いでいく」

「泳いで……!?」

追及《ついきゅう》していた貴族が目を丸くして絶句する。やりとりを黙《だま》って眺《なが》めていた神官長が、声をあげて笑った。

「そうですな、ミレーユ嬢《じょう》なら間違《まち》いなく公女殿下を助けるために飛び込んでおられると思います。他人のために無謀《むぼう》とも言えるほどの行動力を発揮する方のようですから」

彼は目を細め、リヒャルトに微笑《びしょう》を向けて続けた。

「実は昨夜、可愛《かわい》らしいお客人が訪ねていらっしゃったと申したのは、件《くだん》のミレーユ嬢のことなのです」

「ミレーユが？　――ここに来たんですか？」

まさかと思って聞き返すと、神官長は悪戯《いたずら》っぽい目をしてうなずいた。

「軽く夜ばいをかけられましてな」

「夜ば……」

「いやはや、冗談《じょうだん》。実際はこうです。あなたの無実を証明するために、証人になってほしいと。お願いにいらしたのです。殿下」

一体何をしに、と一瞬《いっしゅん》耳を疑ったが、来る理由といえばそれ以外にあるわけがない。

ミレーユのことを無謀だと散々詰《なじ》ったものだが、手段がめちゃくちゃなだけで、目的は全部リヒャルトのためなのだ。それなのに自分はそんな彼女にどんな仕打ちをしてきたか。

「殿下の無実の証言を要請に……」

意外そうな声で誰かがつぶやく。どこか感心したような、見直したような表情で人々が顔を見合わせる中、神官長が静かに切り出した。

「アルテマリスの後ろ盾《だて》を得るため、その宝剣は絶対に必要でしょう。取り戻さねばなりません。それにあの場にミレーユ嬢がおられるとなれば、シアランとしても黙ってはいられませんな。もし何かあった時、殿下も国王陛下に対して肩身《かたみ》の狭《せま》い思いをなさるでしょう」

何を言わんとしているのか察し、リヒャルトは顔をあげた。自分の申し出を援護《えんご》してくれているのだ。

「確かに、アルテマリスの姫を見殺しにしたなどと因縁《いんねん》をつけられては……」

「だが、殿下が戻られるのは危険だ。秘密親衛隊がいるというのに」

「しかし、やつらにこれ以上好きにさせておくわけにはいかないでしょう。動かしているのは偽《にせ》の大公なのですぞ」

場内は侃々諤々《かんかんがくがく》の議論が起こった。それをやんわり制し、神官長が視線を向ける。

「殿下は今や、お一人だけのための存在ではありません。ここに集《つど》っておられる方々も、身の危険をおして殿下に懸《か》けておられる。それはおわかりですな」

「……もちろん」

「それでも行かれると仰るのですかな?」

リヒャルトは居並ぶ貴族たちに視線を移す。彼らに向けられる眼差《まなざ》しににじむもの、それは期待と不安だ。それを叶《かな》え、解消するために自分はここへ戻ってきたのだ。

「ええ。行きます。シアランを取り戻すまでは絶対に死なない。それは約束する」

きっぱりとした宣言に、場内は静まりかえる。諦《あきら》めきれない一人が、なおも食い下がった。

「殿下がシアランに戻られるためには、陛下の後見は必須《ひっす》。必ず取り付ける保証は？」

まだ若く、しかもアルテマリスの息がかかった王太子。それを不安に思う者がいるのは仕方がないことだろう。大国の援助なしで玉座を取り戻すのは難しいだろうと彼らが妥協《だきょう》していることもわかっていた。

「この身が証《あかし》だ。陛下は、血を流さず懐《ふところ》も痛めない方法でシアランを押さえるべく好機をうかがっておられた。そのためのもっとも便利な駒《こま》となる私をお見捨てになるはずがない。それは断言できる」

それだけの価値が自分にはあると、ずっと昔に気づいていた。シアランを押さえるための駒として使われるのは構わない。ならば自分もその立場を最大限利用してやろうと。

「シュバイツ公とロデルラント王の協力を取り付けた。これは陛下はご存じない。もしもの場合の切り札として使わせてもらうつもりだ」

シアランの両隣《りょうどなり》の国の名を出され、列席者たちはざわめいた。そこまで手を回しているとは思わなかったのだろう。アルテマリスと別の線にも策を持っているのが意外だったらしい。

「私はあくまでシアランの人間だ。シアラン人として国を守る、その誇《ほこ》りを忘れたことはない。この先もずっとだ」

場内は静まりかえった。決意に呑まれたかのように、誰もが見つめている。

「私どもは何をすればいいのでしょう？」

「ここにいてくれればいい。大公側に気取られないよう、私が戻《もど》るのを待っていてくれれば」

「ですが」

「大公が偽者《にせもの》の簒奪《さんだつ》者だとわかった以上、今の状況《じょうきょう》に甘んじているつもりはない。一刻も早くシアランを取り戻す。そのために必要なのは、あなた方の力だ。今は動かないでほしい」

「……信じてお待ちしていても、よろしいのですね？」

「決して裏切ることはしない」

もう誰一人として止めようと食い下がる者はなかった。信頼《しんらい》を勝ち取ったのだと解釈《かいしゃく》して、神官長へと目をやる。

「殿下。今度あらためてミレーユ嬢を紹介《しょうかい》していただけますかな」

のほほんと微笑んで言った彼に、こちらも小さく笑って応じる。

「ええ。——必ず！」

神官が持ってきた剣を受け取ると、リヒャルトは身を翻《ひるがえ》した。この上なく愛《いと》しい無謀な少女のもとへと走るべく、王太子から一人の騎士《きし》へと戻って——。

第三章　離宮炎上

「ここへ逃《に》げ込んだのは間違いないんだな？」

「ああ。いぶし出せと言われた」

「まったく。あんな小娘《こむすめ》一人に、なんでこんなに手こずるんだ」

黒ずくめの男たちが数人、玄関《げんかん》のところで大声で話している。不満げに言う男たちの声に、物陰《ものかげ》に潜《ひそ》んでうかがっていたミレーユは、かっと頭に血が上るのを感じた。

（こいつら……！　なんて外道《げどう》なのよ！）

よっぽど飛び出して行って叩《たた》きのめしてやろうかと思ったが、なんとか堪《こら》える。ここで騒ぎを起こしては目的を果たせなくなるかもしれない。それは避《さ》けなければならなかった。

「裏手から回りましょう」

ロジオンの小声での促《うなが》しに唇《くちびる》を噛《か》んでうなずくと、急いでそちらへ向かう。

二人は出てきたばかりの公女との待ち合わせ場所に来ていた。最初に向かった公女の館《やかた》には人気《ひとけ》がなかったため、急遽《きゅうきょ》こちらを捜《さが》すことにしたのだ。第五師団の制服は目立つため、上着を脱《ぬ》いで使用人の服を羽織ってきていた。

誰もいない戸口を見つけて、そこから中に入る。廊下《ろうか》には人気がなかったが、上の階からは大声で指示を出しているような声が響《ひび》いていた。

「隠《かく》し部屋にはリヒャルトの部下の人たちがいたんでしょ？　助けてくれないかしら」

「おそらくもう避難《ひなん》しているはずです。彼らも人目につけば命取りになりますので、今は難しいでしょう」

廊下を走りながら答えたロジオンが、ふいに手を横に出す。行く手を阻《はば》むような仕草に驚《おどろ》いたミレーユは、前方から親衛隊がやってくるのに気づいて息を呑《の》んだ。素早く陰《かげ》に潜んで彼らをやり過ごし、気づかれなかったのを確認して額の汗《あせ》をぬぐう。

（敵に見つかったら面倒《めんどう》だからしょうがないけど……。これじゃ時間がかかりすぎるわ。早く見つけなきゃいけないのに……！）

焦《あせ》る心を抑《おさ》えながら、ロジオンに付いて走る。ほとんど親衛隊に行き合わないのは幸運と言ってよかった。その分、第五師団のほうへ人を回しているのかもしれない。

「ロジオン、待ち合わせ場所ってあの階段のほうだったわよね？」

正面に見える吹《ふ》き抜《ぬ》けの大階段。あれを上り、廊下を曲がったところにある一室に入ると、隠し部屋に通じる入り口がある。エルミアーナがもし待ち合わせ場所に向かっているとしたらそこをまず捜してみる必要があった。

「――いたぞ！」

前方、上のほうで怒声《どせい》と慌《あわ》ただしい足音が響く。はっとして見ると、大階段をエルミアーナが駆《か》け下りてくるのが見えた。ミレーユは思わず叫《さけ》んだ。

「エルミアーナさま！」

呼びかけに気づいた彼女が、こちらを見る。無事に見つけ出せてミレーユはほっとしたが、彼女の後ろから親衛隊が迫《せま》っているのを見て顔をひきつらせた。

「早く！　こっちへ！」

彼女のもとへ全速力で走るが、距離《きょり》が遠すぎる。こちらが追いつくか、親衛隊が彼女を捕《と》らえるか、どちらが早いか目測では微妙《びみょう》なところだ。

少し先を行くロジオンが走りながら剣《けん》を抜く。階段を下りきったエルミアーナは懸命《けんめい》に駆けてきたが、もう少しで手を取り合えるというところまで来て急に立ち止まった。

「あっ……！」

横手から出てきた別の男が、彼女に向かって剣を振《ふ》りかぶる。そのまま躊躇《ためら》いなく振り下ろされるのを見てミレーユは凍《こお》り付いた。辿《たど》り着いたロジオンが鋭《するど》い動きで男を斬《き》り伏《ふ》せたが、その傍《かたわ》らでエルミアーナはよろりとその場にくずおれた。

「エルミアーナさま……っ！」

階段を下りてきた敵が向かってくるのも構わず、ミレーユは彼女に駆け寄った。

「しっかりしてください！　ああ……」

力なく横たわるエルミアーナに思わず絶句する。やっと見つけたと思ったのに、あと一歩のところで手が届かなかった。蒼白《そうはく》な彼女の顔を見つめ、ミレーユは取り乱しながら傷口を手で押さえた。

「どうしよう……っ、しっかりして！　すぐに手当てしますから！」

抱《だ》き起こして背負おうとすると、ふいにがしっと手を握《にぎ》られた。驚いて見ると、目を閉じていたはずのエルミアーナが弱々しい表情で見上げている。

「ミシェル……来てくれたのね……。やっぱりあなたはわたくしの王子様だわ……」

ささやくような声に、ミレーユは泣き出しそうになりながらうなずいた。やはり彼女は助けを待っていたのだ。それなのに自分は応《こた》えられなかった。

「よかった……。あのね――」

「ごめんなさい、抱《かか》えます。ちょっと我慢《がまん》してくださいね」

うろたえている場合ではないと思い直し、自分に気合いを入れる。それまで臭《にお》いだけだったのが、うっすらと煙《けむり》が漂《ただよ》い始めている。ぐずぐずしてはいられない。

だが、エルミアーナは思いのほか強い力でミレーユの腕《うで》をつかんだ。

「お願い。ミシェル、剣を置いてきてしまったの。あれがないと、お兄様がお困りになるわ」

お兄様というのが大公を指しているわけでないことくらい、すぐにわかった。大公家の宝剣《ほうけん》を必要としているのはリヒャルトだ。ミレーユにとっても欲しくてたまらないものだった。

「ええ、でも今はエルミアーナさまのことが先です！　剣のことはあとで――」

「だめよ。ねえ、お願い。お兄様に差し上げたいの」

「けど！」

「お願いよ、ミシェル。あなたにしか頼《たの》めないの……」

ミレーユは反論しようとした言葉を呑みこんだ。

（ご自分のことより国宝のことを第一に考えるなんて……。これが王族の誇りなの？）

庶民《しょみん》の自分にはとても理解できない。だが、それでも彼女の思いに応えたいという思いがこみあげる。

顔をあげて辺りを見回すと、大階段の下で親衛隊の者たちと交戦しているロジオンが目に入った。多勢に無勢というのに顔色も変えず剣をふるい、すでに敵はほとんどが倒《たお》れている。残った二人も倒すのは時間の問題だろう。

（ロジオンのほうは大丈夫《だいじょうぶ》そうだけど、でも……煙が濃《こ》くなってきてる）

この中を宝剣を取りに戻るということに、さすがに躊躇いを覚えた。意識せずに飛び込んで、結果的に危ない場所だったという今までの経験とは違《ちが》う。はっきり、『怖《こわ》い』と感じる。

（……でも、エルミアーナさまはあたしに頼んでらっしゃるのよ。斬られて怪我《けが》までされたのに、こんなに一生懸命《いっしょうけんめい》に……。そんな方を放っておけない……！）

そう思った途端《とたん》、それまで感じる余裕《よゆう》のなかった感情がふつふつとわき上がった。

（よくも、こんなか弱いお姫様《ひめ》を……。許せない！）

怒《いか》りがこみ上げると共に少し冷静さを取り戻す。怖いだなんて言っていられない。ミレーユは覚悟《かくご》を決めて彼女を見下ろした。

「わかりました。剣の在処《ありか》を教えてください、エルミアーナさま！」

力強く手を握って宣言すると、エルミアーナは安堵《あんど》したように微笑《ほほえ》んだ。

やがて敵を倒したロジオンが戻ってくると、ミレーユは彼にエルミアーナを託《たく》して立ち上がった。ぐったりとした公女を彼は軽々と抱え上げた。

「ロジオン、エルミアーナさまをお願いね。あたしは今から宝剣を取ってくるわ」

それまで落ち着いた表情だったロジオンが、驚いたように目を見開いた。

「隠し場所を教えてもらったの。ほら、さっき通った柱時計がいっぱい並んでたところ。火が回らないうちに早く行かなきゃいけないわ。だから――」

「いけません！　それならば私が」

強い口調で遮《さえぎ》られる。止められるだろうと思っていたので、ミレーユはなるべく冷静に説得を試みた。

「正直に言うけど、あたしじゃエルミアーナさまを連れて外まで出られるかわかんないわ。担《かつ》いで行くにしてもきっと時間がかかるし、もし途中《とちゅう》で敵に遭《あ》ったら担いだまま戦うのは限度がある。でもロジオンだったらできると思うの。エルミアーナさまを早く外に連れ出して手当てをするには、これが一番いいのよ。剣を取ってくる役ならあたしにもできると思うし」

「お一人で行かせるなどできません。私はミシェル様の護衛役です。お側を離《はな》れるわけには」

「落ち着いて考えて。あれがないとリヒャルトは困るんでしょ？　このまま逃げたら、剣も燃えちゃうのよ。それにエルミアーナさまはリヒャルトの妹なんだから、何かあったらまたリヒャルトが悲しむじゃない」

ロジオンは鋭い目つきになってミレーユを見つめた。

「私にとって大事なのは若君と、そしてミシェル様です。その役目が果たせないのならば、公女殿下はここへ置いていきます」

ミレーユは一瞬呆気《いっしゅんあっけ》にとられ、すぐさま目を瞠《みは》った。

「何てこと言うの!? 今度そんなこと言ったらぶん殴《なぐ》るわよ!」

「若君は私に、ミシェル様を守れとお命じになりました。私にとっては公女殿下よりミシェル様のほうが大事です。それ以外は必要ありません」

「馬鹿《ばか》っ!」

あくまで言い張るロジオンに、かっとなったミレーユは鉄拳《てっけん》を繰《く》り出した。

「ここにリヒャルトがいたら、エルミアーナさまを見捨ててあたしだけ助けろなんて、死んでも言わないと思うわ!」

怒鳴《どな》りつけると、ロジオンは気圧《けお》されたように黙《だま》り込んだ。

「ロジオン。あなたにとって一番大切なのがリヒャルトだってことはわかってる。だったらあたしを行かせて。あたしもあなたと同じなのよ!」

「……」

「あたしのことは守ろうなんて考えなくていい。あたしたちはリヒャルトを守る同志でしょ。信じて。絶対に宝剣を取ってくるから」

エルミアーナが軽くうめき声をもらす。それを見たミレーユはロジオンを押し出すと、大階段へ向かって駆け出した。

「早く行って！　追いかけてきたら許さないわよ！」

「――ミシェル様！」

初めて聞くようなロジオンの叫びを背に、ミレーユは振り返ることなく階段を駆け上がった。

つい先程《さきほど》通った抜け道に入ると、らせん状の階段がある。両側に迫る冷たい石壁《いしかべ》に押しつぶされるような錯覚《さっかく》に陥《おちい》りながらそこを出ると、見覚えのある場所に出た。

分厚い壁の中に張り巡《めぐ》らされた通路は、薄《うす》く煙でかすんでいた。急いでそこを通り抜け、突《つ》き当たりの柱時計の通りに出る。

（ええと、確か右から――）

『右から四つ目の柱時計の中に隠《かく》したの。そこだけは、中が空洞《くうどう》になっているのよ』

隠し場所を教えてくれたエルミアーナの、途切《とぎ》れがちな声が耳によみがえる。

指定された柱時計まで走ると、ミレーユは木製の扉《とびら》に手をかけた。きしみながら扉が開くと、中はやや奥が深くなっており、ちょっとした小部屋のようになっていた。

「よし、ここね！」

少し高くなっている中へと膝《ひざ》立ちになって入り込む。奥行きはあるが、天井《てんじょう》は思ったより低い。かくれんぼをするとしても大人が隠れるには窮屈《きゅうくつ》そうだ。

『奥のほうの床板《ゆかいた》をはずすと、下にも空間があるの。宝剣はそこにあるわ』

言われた通りに奥へ行き、片っ端《ぱし》から床板を外した。やがて下に暗い空間が口を開けたのを見つけ、ミレーユは急いで潜《もぐ》り込んだ。

「わ、狭《せま》い……っ」

小柄《こがら》なエルミアーナならではの隠し場所なのだろう。これでは、もし代わりにロジオンが取りに来ていたら難儀《なんぎ》したに違《ちが》いない。やはり自分が来て正解だったと思いながら目を凝《こ》らすと、薄闇《うすやみ》の中に細長い箱が置いてあるのが見えた。細いと言っても両手でやっと抱えられそうなくらいの大きさだ。長さはミレーユの背丈《せたけ》よりも少し短いくらいだろうか。

「ん……？　結構重いわね」

引きずってたぐり寄せ、先に上に出てからそれを引き上げる。床板を戻《もど》している暇《ひま》はない。散らばったそれらを蹴《け》っ飛ばしながら、箱を抱えて柱時計から外に出た。

金属製のそれは、大きな鍵穴《かぎあな》が二つついている。縦にしてみると、ゆうにミレーユの鼻先あたりまであった。しっかり持っていないとずり落ちてしまいそうなくらい重い。

（エルミアーナさまは、こんな重いものを一人で隠されたのかしら。セシリアさまといい、お姫様って結構怪力《かいりき》なのかも……）

感心しつつも驚《おどろ》いて、柱時計の扉を閉めた時だった。

扉の陰《かげ》になって見えなかったところに誰かが立っているのに気づいて、ミレーユはびくっとそちらを見た。それが黒い帽子《ぼうし》に黒装束の親衛隊だとわかって息を呑《の》む。

(つけられた!?　いや、でも親衛隊は大公の部下なんだし、この隠し部屋のことを聞いてても不思議じゃないわ)

どちらにしろ、そんなことにこだわっている時ではなかった。男の後ろからもう一人走ってきたのを見て、ミレーユはごくりと喉《のど》を鳴らした。

「その箱を渡《わた》せ」

「……」

「箱を渡せば、おまえは見逃《みのが》してやる。死にたくないだろう、小僧《こぞう》」

冷たい声で男が言い、もう一人が剣《けん》を抜《ぬ》く。ミレーユは箱を抱きしめるように抱え直し、相手をにらみつけた。

「断る!!」

「——何？」

「あんたらのご主人みたいな……実の弟や妹まで殺そうとするような極悪人《ごくあくにん》に、これは絶対渡さない！」

これまでは、ただリヒャルトの敵だからという理由で悪者だと思っていた。だが今はミレーユ自身が大公に対して怒りを抱いている。エルミアーナが命と誇《ほこ》りをかけて守りたがっていたものを、死んでも渡したくないと思った。

「生意気な！」

剣を持った男が斬りかかってくる。振り下ろされたそれをミレーユは夢中でかわした。そのままもう一人に向かって、足下《あしもと》に散らばった床板《ゆかいた》を蹴り上げる。顔面に命中し、相手が怯《ひる》んだ隙《すき》に、斬りかかったほうの男に向けて宝剣《ほうけん》の箱を構えた。

(大公家のご先祖さま、ごめんなさい!)

心の中で詫《わ》びを入れると、ミレーユは思いきりそれを振《ふ》り回した。

「ふんっっ!!」

「ギャッ」

どこに命中したのやら、ゴキッと嫌《いや》な音と手応《てごた》えがした。低く悲鳴をあげてくずおれるのを見て、床板攻撃《こうげき》されたほうの男がいきり立つ。

「貴様、逆らうと――」

「あんたもよっ!」

剣を抜こうとする男に、同じく一撃をお見舞《みま》いする。またしても鈍《にぶ》い音がして、相手は呆気《あっけ》なくその場に倒れた。

倒した敵を見下ろして肩《かた》で息をついていたミレーユは、感動の眼差《まなざ》しで宝剣の箱を見た。

(ご先祖さま、ありがとうございます!)

熱くお礼を言って箱を抱《かか》え直すと、ミレーユは来た道を走って戻り始めた。

凍《い》てつくように寒い夜だった。

雪まじりの風が吹《ふ》き付ける中、リヒャルトは馬を飛ばして森の中を駆《か》けていた。ずぶ濡《ぬ》れの身体《からだ》からは、湖から上がって大分経《た》つというのにまだ水が滴《したた》っている。

離宮《りきゅう》に近づくにつれ空の紅《あか》は濃さを増し、煙《けむり》の臭《にお》いが鼻腔《びこう》をつくようになった。やがて森の木立が切れ、開けた視界に燃える離宮を目にした時、リヒャルトはその異様さに息を呑んだ。

「……っ！」

遠い昔、家族と過ごした大切な場所を焼かれている。まるで思い出まで奪《うば》われたような気がして、あらためて激しい思いがこみ上げた。

（……いや、今はそれどころじゃない）

嫌な予感で膨《ふく》れあがる心に急《せ》かされるように、一気に離宮の敷地《しきち》まで走り抜ける。

裏手にある野原には、避難《ひなん》してきたらしい者たちが人混みを成していた。おそらくはロジオンの言っていた劇団役者たちだろう。ひょっとしたらここにいるのではと思って見回すが、それらしい人影《ひとかげ》は見当たらなかった。

（ロジオンがミレーユを止めてくれていれば……。いや、どんなに止めても聞かないだろうな。こんな仕打ちをされている娘《むすめ》を黙って見ていられる人じゃない……）

いつも突拍子《とっぴょうし》もないことばかりして、行動に予想がつかない人だと思っていた。だがなぜだろう、こういうときに彼女がどんな行動をとるのかは手に取るように予測できる。距離《きょり》を取ることばかり考えていた自分が呪《のろ》わしく、リヒャルトは歯噛《が》みしながら馬を進めた。

とにかく第五師団に連絡《れんらく》を取らねばと宮殿《きゅうでん》のほうを見やる。広大なイルゼオンの離宮、燃えているのはその東の一帯だ。火の粉の舞《ま》う夜の庭に、黒い制服を着た男たちがぐるりと周囲を囲んでいる。第五師団の制服を着た者もちらほら見えるが、手出しできずにいるらしい。

(あそこか……)

そちらに馬首を返そうとして、覚えのある声を聞いた気がしてふと振り返った。

「おまえは魔女《まじょ》だろう！　今すぐ魔術で豪雨《ごうう》を降らせて火を消せ！」

「アホか！　魔女って言っても超人《ちょうじん》じゃないのよ！」

「じゃあ大雪か氷でもいい！　そうだ、そこの小川の水を魔法で汲《く》み上げて消火活動に――」

「んな便利な技使えるわけないだろうがっ！」

騒々《そうぞう》しく言い合っている二人組を見つけ、リヒャルトは急いで手綱《たづな》を引いた。目に入ったのは、すっかり男言葉に戻っている金髪《きんぱつ》の美女――。

「ルーディ！」

馬から飛び降りて駆け寄ると、振り向いたルーディがぎょっとしたように目をむいた。

「リヒャルト!?　なんでここに……、神殿《しんでん》は？　つーか、なんでそんなずぶ濡れで……」

「ミレーユは？」

抑《おさ》えた声で訊《たず》ねると、ルーディは顔を強《こわ》ばらせた。

「それが、姿が見当たらないのよ。あんたの従者の黒髪《くろかみ》むっつり男もいないし。騎士《きし》団は拘束《こうそく》中だし、ヴィルが狙《ねら》われてるっていうから下手《へた》にあっちにも近づけないし。公女がヤバイってんで助けに行ったんじゃないかと思って……」

危惧《きぐ》した通りの展開に、リヒャルトの顔から血の気が引いた。

「だから、あの趣味《しゅみ》の悪い服を着たやつらを早く叩《たた》きのめせと言っているのだ！　アルテマリスの威信《いしん》にかけて、王子たるこの僕が命令を――」

「でかい声で言うなって言ってんだろうがっ」

わめいたヴィルフリートの口をルーディがふさぐ。リヒャルトはそれを急いで制した。

「ルドヴィックたちに連絡してくれないか。第五師団と連携《れんけい》するから準備をしろと」

「ちょっと、どうする気⁉」

再び騎乗《きじょう》するのを見て、ルーディとヴィルフリートは目を丸くする。

「とにかく第五師団の者と話をする。ミレーユの所在をはっきりさせる！」

「危ないわよ！」

ルーディが慌《あわ》てて止めようとしたが、リヒャルトは構わず馬を走らせた。

走り去った馬を見送って呆然《ぼうぜん》としていたルーディは、はっと我に返った。

「こうしちゃいられないわ、ほらヴィル、あんたも一緒《いっしょ》に来るのよっ」

「……」

「ちょっと？　何ボケっとしてんの」

黙《だま》ったまま馬が駆け去った方向を見ていたヴィルフリートは、おもむろに目を戻した。

「ルーディ。あいつがいた神殿とやらは、確か一日に二回しか連絡ができないという湖の孤島《ことう》にあるのではなかったか？」

「そうよ。朝八時と昼三時。それ以外は橋が上げられて門も閉まってるって話よ」

「じゃああいつは、どうやってここまで来たのだ？」

ルーディはふと眉《まゆ》をひそめ、ヴィルフリートと顔を見合わせた。

「……泳いで？」

疑問形で出された答えに、二人は黙り込んだ。まさかという思いと、現にここに駆けつけた姿を思い、ごくりと喉を鳴らす。

「あいつのあんな必死なところは初めて見た。いつも取り澄《す》ましているくせに……」

「人間、いざって時には建前も何も吹き飛ぶもんでしょ。いいから早く来いっつの」

難しい顔でつぶやくヴィルフリートの首根っこをつかみ、ルーディは足早に歩き出した。


夕刻に北の中庭へと集められた第五師団の面々は、名簿《めいぼ》との照合後、すぐ傍《そば》の建物の一階バルコニーへと移された。

すでに空は暗い。おかげで、目の前の館《やかた》——公女が滞在《たいざい》していたその場所を炎《ほのお》が舐《な》めるさまが明るく映《は》えて見えた。それを見せつけられる恰好《かっこう》でありながら、バルコニーという『檻《おり》』に押し込められ周囲を親衛隊の者たちに囲まれている彼らは、ただ見ているしかできなかった。

「木造のところが多いからな、この宮殿。火の回りも早いんだろ」

「あーくそ。胸《むな》くそわりー」

忌々《いまいま》しげなつぶやきが、そこここで聞こえる。武器こそ取り上げられているものの、彼らは身体の自由を奪われているわけではない。だからこそ何もできずにいることに苛立《いらだ》ちが募《つの》っていた。

「団長は捕《つか》まっちゃったし……。僕らどうなるんですかね」

わけもわからず現在に至っているアレックスは、ため息をついて隣《となり》のラウールを見上げた。

「さあな」

「それに、ミシェルとロジオンはどこに行ったんだろう。点呼の時もいなかったですよね」

「知らん」

「だいたい僕ら、これ黙って見てていいんですか。この前の歓迎《かんげい》式典の時みたいに助けに行くべきじゃないのかな。こんなのひどすぎますよ」

「あいつらが無茶苦茶《むちゃくちゃ》やるのは、今に始まったことじゃないだろ」

ラウールは気のない声で返事を繰《く》り返す。ただじっと燃える館を見ている横顔をアレックスはそっと盗《ぬす》み見た。書記官室で後輩《こうはい》をしごいている時には見せない顔だ。

（ラウール先輩が本気で怒《おこ》ると無表情になるって、本当だったんだな……）

彼くらい優秀《ゆうしゅう》な人なら、こんなお荷物師団に配属されるはずはない。移民だからというだけで正当な評価をされていないのだ。現大公の即位《そくい》後に左遷《させん》された父を持つアレックスは、自分の境遇《きょうぐう》を諦《あきら》めて受け入れているところもあったが、ラウールやイゼルスのようにシアラン人でないというだけで冷遇《れいぐう》されている者を見ると、他人事《ひとごと》ながら口惜《くや》しい気分がしてくるのだった。

（……ん？）

手すりの向こう側で監視《かんし》していた親衛隊士——自分のすぐ傍にいた男がいなくなっているのに気づき、アレックスはそちらを見た。

バルコニーの横手は中庭の木立になっている。その陰《かげ》で、親衛隊の制服を着た男が地面に転がっていた。——正確に言うと、転がされた挙げ句に引きずられて繁《しげ》みの奥に消えていった。

（何だ、今の？）

自分以外に異変に気づいた者はいないようだ。驚《おどろ》いて目を凝《こ》らしていると、繁みの向こうから親衛隊士が出てきた。だが、帽子《ぼうし》とマントを身につけているものの明らかに最初にいた者とは顔が違《ちが》う。

（……あれ？　あの人、確か……）

見覚えのある顔だ。なぜここにいるのだろうと不思議に思っていると、彼は視線に気づいたのかこちらを見た。

目が合った瞬間《しゅんかん》、射抜《いぬ》くような鋭《するど》い眼差《まなざ》しを向けられて、思わずびくりとなる。口元に指を立てるのを見て、アレックスはおずおずとうなずいた。

何食わぬ顔でやってきた彼は、親衛隊士の持ち場に収まるなり抑えた声で言った。

「騒《さわ》がないでくれ、あやしい者じゃない」

「ええ……。神殿でミシェルと走り込みに行った人ですよね？」

つい昨夜会ったばかりだから見間違《みまちが》うはずはない。あの時、ミシェルの様子がいつにも増しておかしかったから何となく心に残っていた。

「そのミシェルだが、どこにいるかわかるか？」

「それが、僕も捜《さが》してるんですけど見当たらなくて……。ロジオンもいないから、二人でどこかに行ったまま召集に気づかずにいるのかも……」

答えた途端《とたん》、彼の顔色が変わった。何事かと思っていると、やりとりに気づいたラウールが険しい声でわりこんできた。

「おい。部外者に事情を話すな」

「いや、この人ミシェルの知り合いですよ。一緒に走りに行ってたし」

「ミシェルの？」

うさんくさそうにラウールが青年を見る。黙り込んでいた青年はすぐに気を取り直したのか、なおも声をひそめて続けた。

「上の者に取り次いでくれないか。至急話がしたい」

「上の？　団長は別室で拘束中ですけど」

「副長でもいい」

ようだ。

　彼の口調と表情に切羽詰《せっぱつ》まったものを感じ、アレックスはたじろぎつつもうなずいた。ミシェルがいないことが自分も気になっていたが、彼の様子を見るかぎり、嫌《いや》なことが起きているようだ。

　幸い、少し場所を移動したくらいでは咎《とが》められることはない。アレックスは慎重《しんちょう》に周囲を見回すと、副長のほうへと足早に近づいた。

「――副長」

　声をひそめて呼びかけると、イゼルスが視線を寄越《よこ》した。『笑わない氷の男』と本人のいないところで囁《ささや》かれている彼は、この非常時でも動揺《どうよう》の欠片《かけら》もない冷厳《れいげん》な表情を装備している。

「実は今、ミシェルの知り合いの人が来ていて――。ほら、昨夜報告したでしょう、神殿で彼と会ってたっていう。あの人が、上の人に取り次いでくれって言って待ってるんですが」

　神殿に行く前、「ミシェルがやんちゃをしないか見張っていろ」と団長に言われていたため、なるべく目を離《はな》さないようにしていた。大人しそうに見えて意外と元気いっぱいな盟友が心配でもあったので――何しろ元気が過ぎて、さっきは団長と決闘《けっとう》ごっこまでやらかしたくらいなのだ――逐一《ちくいち》副長にも報告をしていたから、こう言えばわかるはずだ。

　思った通り、イゼルスは鋭く反応した。

「どこだ」

「あっちです。親衛隊に扮《ふん》してます」

　そっと指で示すと、副長は物も言わずにそちらへ向かった。説明しなくとも目当ての人物がどれかすぐにわかったようだった。

「――ミシェルとロジオンはどこにいる？」

素知らぬ顔で目線も合わさないまま青年が口を開くと、副長も同様に応《こた》えた。

「公女殿下《でんか》の救出任務にやりました。彼ら二人だけが自由が利《き》いたものですから」

アレックスは驚きの声を呑《の》みこんだ。姿が見えないと思ったら、そんな重大任務についていたらしい。隣にいたラウールも目を見開いて副長を見ている。

青年はさらに顔を強ばらせて一瞬黙《いっしゅんだま》ったが、瞳《ひとみ》に強い光を宿して言った。

「団長に会いたい。すぐにだ」

有無《うむ》を言わせぬ要請《ようせい》だった。なぜそんなにも団長と接触《せっしょく》したがっているのか、そして突然《とつぜん》現れた彼に副長が躊躇《ちゅうちょ》無く丁寧《ていねい》な態度で応じているのはなぜなのか、アレックスの中で疑問がふくらむ。

（一体この人、何者なんだ……？）

興味を持ったのは他《ほか》の者も同じらしい。視線は向けないものの、近くにいる同僚《どうりょう》らが聞き耳を立てているのがわかる。

イゼルスは冷静な顔のまま青年を見つめ、「わかりました」とうなずいた。それから一番近場にいる親衛隊士に目を留《と》めると、足早に近づき、いきなりみぞおちに拳《こぶし》をたたきこんだ。

「……っ!?」

突然の襲撃《しゅうげき》に驚いたのか、声も立てずに相手はその場にくずおれる。イゼルスはその男から手早く帽子とマントをはぎとり、ついでに剣《けん》も取り上げると、周囲の部下たちをちらりと見て青年に視線を戻《もど》した。

「——ご案内します」

何事もなかったかのように帽子とマントを装着し、副長が青年をうながす。目線での命令を受けた周囲の騎士《きし》たちは、さりげなくかつ素早《すばや》く、のされた親衛隊士の身体《からだ》を隠《かく》した。

「おい、何をしてる？」

少し離れたところにいた別の親衛隊士が、訝《いぶか》しげに声をあげる。騎士たちはのんびりした声で応じた。

「すんませーん。私語をするなって怒られちゃったんでーす」

「つーか、用足しに行ってもいいすか。もう限界なんスけど」

「俺も！　肛門《こうもん》が限界っす！」

「おまえ、そっちかよ。そりゃ切ねーな。すんませんけど、行かせてやってもらえませんかね。ここで出されてもアレなんで」

緊張感《きんちょうかん》のない要求を繰り出す騎士たちに、親衛隊士が舌打ちする。

「小うるさいやつらめ。自分たちの立場がわかってるのか？」

「へーい、じゃあ静かにしてまーす」

やりとりを背に、黒ずくめの親衛隊士に扮した二人が、バルコニーを下りて木立の中を建物のほうへと向かっていく。事態がどう動くのか予想できず、アレックスは緊張《きんちょう》の眼差しでそれを見送った。

長椅子《ながいす》に陣取《じんど》ったジャックは、テーブルに足を投げ出し、厳しい顔で窓の外を見ていた。
縛《しば》ろうと群がってきた見張りの者は全員殴《なぐ》って気絶させたので、身体の自由は利く。しかし、燃えさかる館《やかた》が一番よく見える部屋にわざわざ軟禁《なんきん》された上、窓の外のバルコニーには第五師団の面々をまとめて置かれているとなると、良い気分がするわけがない。妙《みよう》な真似《まね》をすれば即《そく》座《ざ》に彼らを処罰《しよばつ》するという図式ができあがっているのだから。

「まったく……。根性のねじ曲がったやつらだ」

呆《あき》れる心地《ここち》でつぶやいて、考え込む。一番気がかりなのは、情報がどこまで漏《も》れているかということだ。仮に間者《かんじや》が他にもいたとすれば、この速《すみ》やかな粛清《しゆくせい》劇にも納得《なつとく》がいく。しかし部下達の中にまだ裏切り者がいようなどとは、正直あまり考えたくはないことだった。

――間者と言えば、あの疑わしい少年は、無事に公女のもとにたどり着けただろうか。

(こんなふうだから、甘いと言われるんだよな)

最優先すべきは王太子のこと。そしてその兵となる予定の師団の者だ。そう割り切りつつも、公女を見殺しにしようとしている現状に苛立つ自分を否定できない。その甘さが命取りになると父にもイゼルスにも何度となく言われてきたが、それが今、現実になろうとしている。

（まあいい。殿下との繋《つな》がりができただけでも大きな収穫《しゅうかく》だ――）

あとはそれを次に繋げればいい。自分にはもう無理そうだが、他の同志がやってくれる。

ふう、と大きく息をついて長椅子にもたれた時、背後で扉《とびら》の開く音がした。

振《ふ》り向くと、親衛隊士が二人入ってきたところだった。そのうちの一人が腹心の部下だと気づき、怪訝《けげん》に思うと同時に一瞬《いっしゅん》ひやりとする。

「……何だよ、その恰好は。らしくない悪ふざけだな」

親衛隊の制服である黒いマントと帽子を身につけたイゼルスは、無言のままやってくると剣を差し出した。

「おい……？」

ついさっき預けた自分の剣だと気づき、ジャックが眉《まゆ》をひそめていると、廊下《ろうか》のほうから騒《さわ》がしい足音が近づいてきた。開け放された扉からもう一人親衛隊士が駆《か》け込んでくる。

「貴様ら、何のつもりだ！　まさか離反《りはん》――」

イゼルスと一緒《いっしょ》に入ってきた男が、振り向きざま剣を奔《はし》らせた。躊躇いのない剣筋に、斬《き》られたほうは声もなく床《ゆか》に倒《たお》れた。

剣を収めもせず、彼はこちらを振り返ると帽子を脱《ぬ》ぎ捨てる。露《あら》わになった青年の面立《おもだ》ちと一連の出来事を、ジャックは呆然《ぼうぜん》として見ていた。

見間違うはずがない。その型は、かつて前大公の騎士団長を務めていた父が、子どもの頃《ころ》のエセルバート王太子に教授したものだった。

かった。

「──ジャック・ヴィレンス卿《きょう》。八年前の誓《ちか》いを覚えているか？」

静かに切り出された言葉に、思わず立ち上がる。目の前にいるのが誰なのか、疑いようがなかった。

「忘れていないのなら、今すぐ私の剣になってほしい。あなたの配下もろともだ」

ジャックは引かれるように彼の前に跪《ひざまず》いた。

「私の剣は、主君の命にのみ従うもの。ご命令を、殿下」

背後でイゼルスもそれに倣《なら》う。それらを見た王太子は一つ息をついて続けた。

「詳細《しょうさい》は後で話すが、宮殿《きゅうでん》にいるギルフォードは偽者《にせもの》だ」

「は……、偽者!?」

「玉座にいるのは公国に仇《あだ》なす謀反《むほん》人だ。王太子エセルバートの名において謀反人の捕縛《ほばく》を命じる。もう潜行《せんこう》する必要はない！」

それはどんなにか待ちわびた言葉だった。全身の血が躍《おど》るのを感じた。

「はっ！」

頭を垂れて答えると、ジャックは揚々《ようよう》と立ち上がった。バルコニーに続く窓《まど》を開け放ち、窓枠《わく》に片足をかけて声を張り上げる。

「聞けー、おまえたち！　我らが殿下がご帰還《きかん》あそばされた！　今から我々は大公に反旗をひるがえーす！」

腐《くさ》ったような態度でたむろしていた部下たちは、揃《そろ》って訝しげな顔を向けてきた。

「そこにいる黒ずくめのやつらを、存分にぶちのめして構わんと言っている！」

「……」

「……は？」

噛《か》み砕《くだ》いての指示に、ようやく理解したらしい。一瞬間があって、歓声《かんせい》にも似たどよめきがわき起こる。

「よっしゃあああああ！」

バルコニーはたちまち歓喜に包まれた。腕《うで》まくりするなり傍《そば》にいた親衛隊士を殴り飛ばす者、手すりを乗り越《こ》えて遠征《えんせい》にいく者——誰もが生き生きと逆襲《ぎやくしゆう》に精を出している。中でもテオとその用心棒たちの勢いは凄《すさ》まじい。

「海の男なめんじゃねえぞゴラァァ——！」

「てめえら全員、鮫《さめ》の餌《えさ》にしてやんよ！」

「骨の髄《ずい》まで後悔《こうかい》させてやらぁ！」

どちらが悪人かわからないような台詞《せりふ》を吐《は》いて怒濤《どとう》のごとく親衛隊のほうに押し寄せていく彼らを、ジャックは満足げにうなずきながら眺《なが》めた。

「腕っ節の強い者を集めておいて正解だったな。——腕に覚えのあるものは、書記官を庇《かば》ってやれよー！」

狂騒《きようそう》に負けないよう大声で指示を出し、部屋の中を振り返る。王太子はイゼルスの持ってきた替《か》えの剣を装備し終えたところだった。ここに来るまでの戦闘《せんとう》で、元の剣が使い物にならなくなったようだ。

「エルミアーナの部屋は？」

「三階の東です」

「ロジオンたちは確かにそこに行ったんだな」

「いいえ、待ち合わせ場所は別のようです。他言できない場所だとロジオンが申しておりましたが」

「他言できない場所……？」

訝しげにつぶやいた彼は何か気づいたように息を呑んだが、すぐに鋭《するど》い視線を走らせた。間《かん》髪《はつ》入れず、開放されたままの扉から黒い集団がなだれ込んでくる。

「やってくれたな、ヴィレンス卿！　命が惜《お》しくないらしい」

一団を率いてきたのは、ジャックに雑巾《ぞうきん》を投げつけたあの男だった。怒《いか》りで顔が真っ赤になっている彼の背後には、抜《ぬ》き身の剣を手にした者たちが十人ばかり続いている。王太子が剣に手をかけるのを見て、ジャックはその前に出た。

「ヴィレンス卿、頼《たの》めるか」

「はっはっは、もちろんでございま――」

「任せた！」

「――殿下!?」

叫《さけ》ぶなり窓から外へ出て行くのを見て、ジャックは慌《あわ》てて声をあげた。

「危のうございます！　――誰か、殿下をお止めしろ！　イゼルス！」

「団長、今の殿下をお止めするにはおそらく尋常《じんじょう》でない労力が必要かと」

「ああもう、とにかく行け！　お一人で行かせるな！」

「は！」

素早《すばや》く武器をつかんでイゼルスが後を追う。親衛隊がそれに続こうとするのを見て、剣を抜き放《はな》ったジャックは彼らの行く手に鋭く鞘《さや》を投げつけた。

「まあ待て。貴殿《きでん》らの相手は私だ」

剣《けん》を構えて窓を背に立ち、彼は不敵な笑《え》みを浮《う》かべて宣言した。

「今日の私は機嫌《きげん》が良いからな。全員まとめて、我が剣の錆《さび》にしてやろう！」


宝剣の箱を抱《かか》えたミレーユは、らせん階段を駆け下り、隠し部屋を抜け出した。隠し通路に繋がる扉を開けると、部屋の中に煙《けむり》が漂《ただよ》っている。

（もうこんなに煙が……！）

ぐずぐずしている暇《ひま》はない。箱を抱え直し、急いで部屋を飛び出した。

予想以上に箱は重く身体にのしかかっていた。つかみ所がないから持ち運びにも苦心する。指も腕もしびれきっていたが、必死だからだろうか、あまり痛みは感じなかった。その代わりというわけでもないだろうが、ひどく息が切れる。時折立ち止まって呼吸を整えなければならないほどだった。

(でも、もう少しよ。もうちょっとで外に出られる……)

角を曲がればあの大階段だ。それを下りたら廊下を突《つ》っ切って、また裏口から外に出ればいい。その一心で、箱を抱《だ》きしめたまま息を切らして廊下を走る。

だが、角を曲がったミレーユはそこで足を止めた。

(え……? 階段がない……!)

吹《ふ》き抜けの大階段が見当たらない。下へ続くはずの道は遮断《しゃだん》され、そこだけぽっかりと手すりもなく穴が空いたようになっている。

(なんで!? 道は間違《まちが》ってないはずよね?)

確かに見覚えのある風景だ。ただ、そこに階段が掛《か》かっていないというだけ。下をのぞきこんでみるが、階段があったという痕跡《こんせき》すら残っていない。夢でも見ているのだろうかと混乱しかけたミレーユは、ロジオンが言っていたことを思いだした。

(そうだ。この館《やかた》って全体にからくりが張り巡《めぐ》らされてるって言ってたっけ。吊《つ》り階段もあるって言ってたわ。もしかしてここもそうだったのかも……?)

「火事のせいで落ちちゃったのかしら……」

飛び降りようと思えば、できないことはない高さだ。だが果たして宝剣の箱を持ったままそれができるだろうかと考えていると、階下にばらばらと人が現れた。

「いたぞ！　あそこだ！」

黒ずくめの制服――親衛隊の者たちだ。横手のほうから来たところを見ると、さっきロジオンが倒した者たちとは別動の部隊だろう。

ミレーユは急いで左右を見た。どちらに行けばいいか、出口は他《ほか》にあるのかわからない。だが少なくともここに居座っているわけにはいかなかった。

「追え！　逃《に》がすな！」

階下から聞こえる怒声《どせい》を背に、ミレーユは煙の少ないほうを目指して走り出した。


予想した通り、その館の周囲は親衛隊の者らが取り囲んでいた。公女の館同様、こちらも火がかけられている。

ロジオンが言い残したという『他言できない場所』とはきっとここだろう。大公家の者しか知らない隠《かく》し部屋のある館だ。

「何者だ!?」

抜き身の剣を持ったまま現れたリヒャルトを見て、親衛隊士らが身構える。まだここから撤《てっ》収《しゅう》していないということは、エルミアーナを捕《と》らえていないということだろう。つまりミレーユたちもまだこの中にいるということになる。

「誰だ貴様、ここは立ち入り禁止だぞ！」

横柄《おうへい》な態度で立ちはだかった彼らに、剣を構えたリヒャルトは厳しい眼差《まなざ》しを向けた。

「そこをどけ。邪魔《じゃま》をするなら全員斬る」

気魄《きはく》に圧《お》されたように相手方は一歩後退《あとずさ》ったが、足を止めないリヒャルトを見て、脅《おど》すように剣を抜いた。

「我々を大公殿下《でんか》の秘密親衛隊と知っての狼藉《ろうぜき》か！　逆らうと――」

前へ出てきた一人に、リヒャルトは容赦《ようしゃ》なく剣を振《ふ》るった。言い終わる前に斬り捨てられたのを見て、他の者らは驚《おどろ》いたように息を呑《の》む。

「貴様、よくも！」

手強《てごわ》い相手だと察したらしく、彼らは一斉《いっせい》に襲《おそ》いかかった。だが、斬りかかった者は片っ端《ぱし》から撥《は》ね飛ばされるようにして脇《わき》へ倒れた。

「どけと言っている！」

斬るというより力押しで薙《な》ぎ払《はら》いながら、館へ向かって活路を開く。一人と斬り結ぶと同時に背後から別の者が斬りかかってきた。応戦しながら素早く振り向き、反撃《はんげき》しようと試みる。

「うっ……！」

突然《とつぜん》、背後の相手が前のめりに倒れた。その背中に深々と矢が突き刺《さ》さっているのを見て、リヒャルトは敵を斬り倒すとそちらへ目を向けた。

夜陰《やいん》の向こうから、弓を手にした男が走ってくる。団長のもとまで案内してくれた副長だ。

彼は涼《すず》しい顔で、今さらのように名乗った。

「第五師団副長、イゼルス・ハワードです。お供つかまつります、殿下」

「……ああ、頼む」

リヒャルトは息をついてそれに応じ、剣の露《つゆ》を払った。

「――こんな時にとお思いになるでしょうが、ひとつよろしいでしょうか」

中に向けて走りながら、イゼルスが口を開く。何事かと思いつつ無言でうながすと、彼は確かめるような目つきで続けた。

「神殿《しんでん》でミシェルと密会しておられたのは、もしや殿下ではありませんか？」

「ああ」

「では、殿下のご命令でミシェルは第五師団へ？」

リヒャルトは苦い思いでそれに答えた。

「命令はしてないが、俺を追ってきたことは確かだ」

「……なるほど。得心いたしました」

それきりイゼルスは何も追及《ついきゅう》しなかった。

ミレーユに去られたロジオンは、すぐさま公女を床《ゆか》に寝《ね》かせて怪我《けが》の具合を確かめた。

もちろんこれからミレーユの後を追うつもりだった。何と言われようと、たとえ恨《うら》まれたとしても任務を放棄《ほうき》するわけにはいかないというのが彼の信念だったからだ。

その直後だった。背後で響《ひび》いた轟音《ごうおん》に何事かと振り向いたロジオンは、信じられない光景を目にして息を呑んだ。上へ続く大階段――ほんのついさっきミレーユが駆《か》け上っていったそれが、音を立てて床下《ゆかした》へ沈《しず》み始めたのだ。

誰かが階段のからくりを作動させたのか、それとも自然とそうなったのかはわからない。ともかく、彼女を追う一番近い手段が失われたことだけは確かだった。

別の道から追うしかない。だがそのためには公女を抱えたままでは無理だ。そう判断し、苦《く》渋《じゅう》の思いで公女を外へ連れ出すことにした。それからすぐに取って返し、後を追う。でなければ、逃げ場を失ったミレーユは間違いなく立ち往生する。

「――ロジオン！」

この場にいるはずのない人の声が聞こえたのは、裏手に向かって廊下《ろうか》を半分ほど戻《もど》ったあたりだった。

「若君……!?」

副長と一緒《いっしょ》に駆け寄ってきたリヒャルトに驚いていると、彼は抱えている公女に飛びつくようにしてのぞきこんだ。

「エル……」

ぐったりしているのを見て愕然《がくぜん》とつぶやき、すぐ気を取り直したように傷の具合を確かめる。

「若君、ミシェル様が」

「どこに行ったんだ」

「公女殿下《でんか》のご要請《ようせい》で、隠れ部屋に宝剣を取りに――」

リヒャルトの顔が一瞬《いっしゅん》苦しげにゆがむ。

「申し訳ありません。お止めできませんでした。私の責任です」

「それはいいから。少し落ち着け」

ぐっと腕《うで》をつかまれ、自分が動転していたことに初めてロジオンは気がついた。

リヒャルトはタイをはずしてエルミアーナの傷口を押《お》さえながら、背後を見やる。武器を取り戻した第五師団の者たちが副長を追ってきたのを見て、視線を戻した。

「ハワード卿《きょう》、エルミアーナを頼《たの》めるか。気を失っているが傷はほとんどない。医者はいるんだろう?」

「は。――殿下は」

「後から行く。救護班を組んで待機させておいてくれ。――ロジオン、来い!」

早くも走り出しながら呼ぶ主《あるじ》に、ロジオンは我に返って後を追った。


煙は濃《こ》くなる一方だった。廊下の奥のほうは暗くかすんで見ることができないほどだ。

残っていた親衛隊から逃げるうち、しばらく物陰《ものかげ》で身を潜《ひそ》ませていたのがまずかったのかもしれない。敵はうまくやり過ごせたが、煙のせいで方向感覚が鈍《にぶ》くなってしまったらしかった。

(大丈夫《だいじょうぶ》、あっちから来たのは覚えてる。あっちには逃げられそうな道はなかったし、このまま進んで他の道を探《さが》せばいいのよ)

弱気になりそうな自分を奮い立たせながらミレーユは先へ進んだ。

長い廊下には高いところに明かり採《と》りの窓があるだけで、人間が出られそうな窓はなかった。ところどころにある扉《とびら》も鍵《かぎ》が掛かっていて開かなかったり、開いても窓のない物置だったりで、脱出《だっしゅつ》口がなかなか見つからない。

(……ほんとに出られるのかしら……)

ふとそんな不安がよぎる。だが慌《あわ》てて頭を振ってそれを追い払った。

(出られるに決まってるわよ！ 出入り口が一つしかないなんてありえないんだから。きっとさっきみたいに下へ行ける階段が他にもあるはず……！)

自分に言い聞かせながら進んでいくと、ぱっと視界が開けた。両側を壁《かべ》に囲まれていた廊下が途《と》切《ぎ》れ、吹《ふ》き抜《ぬ》けの空間が現れる。先程《さきほど》の大階段があった場所と似たような風景だ。

きっとここにも階段があるに違《ちが》いない。ミレーユは急いで手すりのほうへと走ったが、その期待はあえなくしぼむことになった。

(ここの階段もなくなってる……)

泣きたくなってきて、その場に立ちつくした。だが、抱《かか》えている宝剣《ほうけん》の箱を見て急いで涙《なみだ》を拭《ぬぐ》った。ここでへこたれたら何のためにこれを取りに行ったのかわからなくなる。せっかく取り戻したのだ。

　きっと彼も今頃《いまごろ》はリヒャルトに渡《わた》すまでは挫《くじ》けるわけにはいかない。

　きっと彼も今頃は神殿で頑張《がんば》っているはずだ。そう思うと不思議と元気がわいてきた。

「…………？」

　ふと名前を呼ばれた気がして振り返る。それも、ミシェルではなくミレーユ、と──。

（誰……？）

　立ち止まってあたりを見回すが、薄《うす》い煙《けむり》がただよう廊下には誰の姿もない。

　気のせいだったかと思った時、また遠くから声がした。

「──ミレーユ！」

　驚いてミレーユは振り向いた。

「リヒャルト……!?」

　こんなところに彼がいるはずがない。彼は神殿から出られないのだ。だが、煙にかすむ向こうから、しきりと名前を呼ぶ声がする。幻聴《げんちょう》にしてはいやに鮮明《せんめい》だ。

「リヒャルト、ここよ！」

　ミレーユは半信半疑のまま叫《さけ》んだ。もしこれが夢であっても、それでも嬉《うれ》しいと思った。今一番会いたい人の声が聞こえるのだから。

　忙《せわ》しない靴音《くつおと》がこちらに近づいてくる。思わず笑《え》みをこぼしながらミレーユもそちらへ走った。だが、煙の向こうから現れた人影《ひとかげ》を見て、その笑顔は強《こわ》ばった。

赤い羽根飾《かざ》りのついた黒い帽子《ぼうし》、黒いマント。秘密親衛隊の制服を着た男が、ミレーユを見て薄く微笑《ほほえ》んだ。

「——やっとお会いできましたね。捜しましたよ」

親しげに話しかけてきた男を、ミレーユはじりじりと後退《あとずさ》りながらにらんだ。

「この宝剣は渡さないって言ってんでしょ。しつこいわよ！」

しっかりと抱《だ》きしめて叫ぶが、男は興味がないような顔で箱を見た。

「私どもが捜していたのはそれではありません。あなたを迎《むか》えに来たのです」

「は……？　誰よ、あんた」

秘密親衛隊に知り合いなどいるわけがない。不審《ふしん》に思いながら見ると、男はかしこまったように胸に手を当てた。

「ウォルター伯爵《はくしゃく》の使いの者です。ミレーユ様、私と一緒に伯爵のもとにおいでください」

「……伯爵の……？」

思わぬ自己紹介《しょうかい》に、まじまじと相手を見つめる。なぜ伯爵の使者がこんなところで親衛隊の恰好《かっこう》をしているのか、わけがわからない。それにあまりにも突然すぎる登場だ。

「本当は、こんなことになる前に迎えに来るつもりでした。手紙を渡すよう頼んだのですが、うまく伝わらなかったようですね。それで仕方なくこのような小細工をしてお迎えにあがったのです」

「どういうこと？　なんであたしが伯爵のところに行かなくちゃならないの。あたし、神殿でちゃんと断ったはずだけど」

一緒にこないかと伯爵に誘《さそ》われたが、あまりに胡散臭《うさんくさ》かったのであの場で断った。彼のほうもあっさり引っ込んだはずなのに。

「あの場にはあなた以外の者がいたでしょう。用心棒でしたか。彼がいたため、伯爵は本題に入られなかっただけのことです。邪魔《じゃま》をされては困りますから」

「……」

(ロジオンがいたから、本当のことを話さなかったってこと?)

確かにあの時はロジオンがいるのを知っていて誘ってきたようだったと思い出して黙《だま》っていると、男はさらに続けた。

「伯爵は、王太子殿下《でんか》が大公位にのぼられるため内密に動いていらっしゃいます。大公側につかれているのもそういった思惑《おもわく》あってのことです。その作戦をぜひあなたに手伝っていただきたいと望んでおられます」

「作戦?」

「そうです。あなたに大公の花嫁《はなよめ》となっていただき、結婚《けっこん》直後に宮殿《きゅうでん》で命を落とす。大公はアルテマリスの姫《ひめ》を殺した罪で失脚《しっきゃく》する。そこへ王太子殿下が帰還《きかん》され、玉座を継《つ》がれるというわけです」

ミレーユは目を瞠《みは》って男を見つめた。

「何それ……。あたしに死ねって言ってるの? 殺されるために協力しろって? ふざけないでよ！」

「もちろん、本当に死んでいただくわけではありません。ふざけるなと仰《おっしゃ》いますが、そもそもこの案を最初に提示されたのはあなたの兄君ですよ。花嫁の偽装《ぎそう》死、そしてその犯人役として協力するようにと伯爵に持ちかけられたのは」

(フレッドが……？)

だから自ら身代わりとなって花嫁役を買ってでたのだろうか？　にわかには信じられずミレーユはなおも探《さぐ》るように男を見つめた。突拍子《とっぴょうし》もない誘いだと思いつつも、宮殿に入った花嫁がフレッドであること、ここにいるのが本物のミレーユであることを知っているのだ。満更《まんざら》でたらめを言っているとも思えない。

「けど、あたし何も聞いてないわ。フレッドがそんな作戦をあたしにさせるとは思えないし。……たぶん、だけど。それに、初対面の人の言うことを鵜《う》呑みにするほど馬鹿《ばか》じゃないわよ。何か裏があるんでしょ？」

「花嫁が偽者《にせもの》だということを、大公は気づいています」

男は事も無げに言った。息を呑んだミレーユに、微笑んで続ける。

「さすがに男と結婚するような事態にはできません。とすると本物の花嫁が必要になる。この作戦を実行するには、どうしてもあなたが必要なのです。ご理解いただけましたか？」

「待って。どうして偽者だってわかったの？」

「伯爵が進言なさったからですよ」

悪びれずに答えた男を、ミレーユは驚《おどろ》いて見つめた。

「つまり、フレッドを裏切ったってこと……!?」

「仕方のないことです。伯爵は、本気で殿下を大公位につけたいと願っていらっしゃる。そのためには時に冷酷《れいこく》な選択《せんたく》をすることもあります。心配なさらずとも、あなたの兄君ならばそれくらいの窮地《きゅうち》、ご自分でなんとか切り抜けられるでしょう」

「ふざけんじゃないわよ！　人の兄をなんだと思ってんの!?　そんなことする人を信用できるわけないじゃないの」

「しかしあなたは断れないはず。殿下を大公位につけたいのは同じお気持ちでしょう？」

痛いところを突《つ》かれて一瞬《いっしゅん》怯《ひる》んだが、ミレーユはぐっと彼をにらみつけた。

「ええ、そうよ。だったら尚更《なおさら》おかしいじゃない。そんなにリヒャルトのことを思ってるんなら、どうして本人にそのことを言わないわけ？　正々堂々と手を組んで、大公になるのを手伝ってあげたらいいじゃない」

「言ったはずですよ、伯爵は本気だと。そのためには汚《きたな》いこともやらなければならない。殿下がお知りになったら苦しまれるであろうこともね。だからあえて憎《にく》まれ役を演じ、距離《きょり》を置いておられるのです」

言っていることは筋が通っているようでもある。だがおいそれと信用する気にはなれなかった。黙っていると、男は軽く首を傾《かし》げた。

「まだおわかりいただけませんか？　ではこう言えばわかっていただけますかね。あなたのお返事次第《しだい》で、伯爵は殿下の敵にもなると」

眉《まゆ》をひそめてミレーユは男を見た。

「あなたの兄君を大公に売ったように、という意味です」

「なっ……！」

それはつまり、言うことをきかなければ、リヒャルトがひそかに帰国していることを大公に告げるということだろう。

「あんた、言ってることがおかしいわよ！　あんたっていうか伯爵！　リヒャルトの味方だっていうなら、なんでそんなことするの？　矛盾《むじゅん》してるじゃない」

「ですから、あなたのお返事次第だと言っています。あなたが一緒《いっしょ》に来てくだされば、伯爵がそのようなことをする羽目にはなりません」

「なんなのよ、それ……っ」

無茶苦茶《むちゃくちゃ》な理屈《りくつ》だ。だが確実にミレーユの弱点をつく要求だった。リヒャルトをそんな目に遭《あ》わせるわけにはいかないのだから、言うことを聞くしか道はない。

（いまいち信用できない……けど、もし本当だったら？　すごく胡散臭いけど、実際にウォルター伯爵はあたしとフレッドが入れ替《か》わってるのを知ってるし、リヒャルトがシアランに戻《もど》ってることも知ってるみたいだし。それに今は大公の側近になってるんだもの。それをいつでも話すことができるわけだし……）

これまでは、いつも重要なことからは蚊帳《かや》の外に置かれてきたという自覚がある。それなのにまさか自分の意見一つでリヒャルトの立場を左右するようなことになるなんて。

　ぎゅっと宝剣の箱を抱きしめる。その作戦が有効なら乗るべきだろうか。だが、フレッドを裏切るような人と本当に協力してもいいものか。そのせいで兄は宮殿で窮地に陥《おちい》っているかもしれないのに。

「来ていただけますね？」

　当然のように確認する男を、ミレーユはじっと見つめた。

「……行ってもいいわ。ただし条件がある」

「何でしょう？」

「今の話、リヒャルトに全部話すわ。彼がそれでいいって言ったら、伯爵のところに行く」

　男の目つきが少し険しくなった。

「それはいけません。偽装とはいえ大公と結婚していただくのは本当のことです。殿下がお知りになれば、あなたを手放すはずがない。それでは困ります」

　じりじりとミレーユは後退る。それに気づいたのか、男はため息をついて懐《ふところ》に手を入れた。

「なるほど、聞き分けのない方だ。ならばこちらも強行手段に出させてもらいますよ」

　踵《きびす》を返そうとしたミレーユは、後ろにもう一人いたことに気づいて足を止めた。だが二人くらいならきっと振《ふ》り切れる。そう思い直し、箱を抱え直して駆《か》け出した。

　男は追おうとしてこなかった。不思議に思いながらも横をすり抜けたミレーユだったが、いくらも行かないうちに異変を感じて立ち止まってしまった。

（あれ……？　なに、これ。なんか……変……）

甘い匂《にお》いがした。頭の中に急にもやがかかったようになり、視界が揺《ゆ》れる。箱を抱える力がゆるみ、取り落としてしまった。高さがあるので倒《たお》れはしなかったが、ミレーユのほうはふらつきが止まらず、箱を支えにするようにやっと足を踏《ふ》みしめる。

「痺《しび》れ薬と聞いていますが……効き目は抜群《ばつぐん》のようですね。もう一歩も動けないはずです」

少しくぐもった声とともに、足音が二人分、後ろから近づいてくる。

ミレーユは歯を食いしばって足を動かした。よろよろと前に進んでいくが、背後の二人に追いつかれるのは時間の問題だ。

（どうしよう、動けない……）

朦朧《もうろう》としてきて、宝剣《ほうけん》の箱に縋《すが》りつく。それでも何とか逃《に》げようと顔をあげると、今度は前からも駆けてくる足音がした。

（挟《はさ》まれた……⁉）

けぶる廊下《ろうか》の奥から二つの黒い影《かげ》が飛び出してきた。だが、それらは立ちすくむミレーユの左右をすり抜《ぬ》けて駆け抜けて行く。

驚いて振り向くと、今まで話をしていた男たちを黒い影が斬《き》り伏《ふ》せたところだった。そのうちの一人が振り返り、足早に戻ってくる。

「ミレーユ！」

駆けてくるなり、彼は勢いよくミレーユを抱きしめた。すぐに離《はな》し、顔をのぞきこむ。

「ミレーユ、無事ですか!?」

肩《かた》を強くつかまれて、思わずふらつく。それを抱きとめて、彼は尚《なお》も揺さぶった。

「しっかりして、返事をしてください！」

彼を見つめたミレーユは驚きのあまり声も出ず、呆然《ぼうぜん》と立ちつくしていた。これは本当に夢だろうか。それとも奇術《きじゅつ》か何かなのだろうか。

「……リヒャルト？」

目の焦点《しょうてん》が合ってない、と焦《あせ》ったように誰かに訴《うった》えていた彼は、ほっとしたように顔をのぞきこんできた。

「そうですよ、俺です。目を開けてよく見てください」

ぼんやりと彼を見ていると、視界にもう一人が映った。ロジオンだとわかった途端《とたん》、ミレーユは我に返った。

「そうだっ、エルミアーナさまが！」

「外に運ばせましたよ。今頃《いまごろ》は治療《ちりょう》を受けてる頃《ころ》です。傷は浅かったし大丈夫《だいじょうぶ》」

「本当……？」

「ええ。むしろあなたのほうが重症《じゅうしょう》なくらいです」

言いながら、マントを脱《ぬ》いで着せかけてくれる。ひやりと冷たい感触《かんしょく》に包まれて、ミレーユは抱《だ》き寄せられるまま彼にしがみついた。こうして縋りつくのを受け止めてくれることに、じわじわと安堵感《あんどかん》が広がる。

「あ……、ねえ、これ、この箱で合ってる？　確認して」

はっと思い出して箱を示すと、気づいたリヒャルトが確かめるように手にとった。

「こんな重いものを、よく今まで……」

呆然としたようにつぶやいたが、すぐに気を取り直したように背後を見やった。

「ロジオン、持てるか。頼《たの》む」

は、と答えてロジオンが箱を抱《かか》える。

「少し走りますよ。大丈夫ですか？」

手を握《にぎ》られ、心配そうに訊《き》かれて、ミレーユはわけがわからないながらもうなずいた。


三人は隠《かく》し部屋へ向かって廊下を走った。遠回りにはなるが、隠し通路を通れば館の反対側に出られるのだという。一階に下りる階段はどれもなくなってしまっていたため、二人は隠し通路を通ってミレーユを捜《さが》しに来てくれたのだった。

「でもリヒャルト、どうやってここまで？　なんでここにいるの」

何とか意識を保つため、そして混乱を収めるために訊《たず》ねると、手を引いて走る彼は前を向いたまま答えた。

「下からあなたの名前を呼んだら応じる声が聞こえたから、それを頼《たよ》りに来たんです。遠回りしたので遅《おそ》くなってしまいましたが」

「そうじゃなくて、神殿《しんでん》は？　貴族の人たちと会ってたんじゃ……」

「あなたに何かあったら知らせるようにと、部下に命じていたんです。その合図があったから引き返してきたんですよ」

「でも、橋が渡《わた》れないでしょ⁉」

「ええ、だから泳いできました。裏手の岸壁《がんぺき》は警備も薄《うす》いと聞いたから」

事も無げに答えるリヒャルトの横顔を呆然として見上げる。泳ぐと言ってもあの湖はかなり広かったはずだ。それに神殿の建つ島は周りが断崖《だんがい》になっていて、下りるのも容易とは思えない。おまけにこんな真冬の夜だというのに――。

（なんで、そこまでして……？）

あまりに非現実的なことに思えて、ミレーユはぼんやりしたまま走った。

三度《みたび》隠し通路に入ると、柱時計の廊下には、むっとするような熱気がこもっていた。かろうじて火は回っていないが、壁《かべ》を隔《へだ》てた向こうでは激しく燃えているのかもしれない。先程《さきほど》倒した男たちの姿がないところを見ると、どうやら気がついて逃げ出したようだ。

そう思った時だった。突然《とつぜん》何かが裂《さ》けるような重い音が聞こえ、何事かと思った瞬間《しゅんかん》、強く手を引かれてミレーユはよろけた。

「危ない！」

抱え込むように抱きしめられ、そのまま床《ゆか》に引き倒される。リヒャルトの肩越《かたご》しに、倒れてきた柱時計が見えた。その背面は勢いよく燃えており、ぱっと火の粉が辺りに飛び散る。

あれから庇《かば》ってくれたのだ。そう気づいてミレーユは血の気が引いた。

「リヒャルト、大丈夫!?」

「平気ですよ。顔を出さないで。危ないから」

「けどっ……、……ねえ、ロジオンがいないわ！」

燃える柱時計が倒れてきて、廊下は分断されてしまった。柱時計が立っていた場所――空間になったところから炎《ほのお》が噴《ふ》き出しているのを見て、ぞっとする。

「ロジオン！」

リヒャルトの呼びかけに、倒れた柱時計の向こうから落ち着いた声で応答があった。

「無事です。宝剣のほうも異状ございません」

「こちらも無事だ」

軽く息をついて知らせたリヒャルトは、目の前に立ちはだかる障害物と廊下の奥とを交互《こうご》に見てから続けた。

「おまえはそちらから行け。俺たちは別の道から出る」

「……わかりました」

逆らうことなくロジオンがうなずいたのは、リヒャルトのことを信じているからなのだろう。

それきり何も聞こえないところをみると、速《すみ》やかに命令に従ったようだった。

「行きましょう。こっちです」

うながされ、ミレーユはうなずくと再び手を引かれて走り出した。

こちらの道からの脱出《だっしゅつ》を当初は考えていなかった理由は、すぐにわかった。おそらく火が回っている場所に近いのだろう、煙《けむり》が充満《じゅうまん》している。視界は悪かったが、リヒャルトは迷うことなく進んでいく。隠し通路を熟知しているようだった。

「道、わかるの？」

「ええ。昔遊んだ場所ですからね」

答えた横顔は硬《かた》かった。今いるこの場所が彼にとってどんな意味を持つところなのかを思い出して、ミレーユは声を詰《つ》まらせた。

「リヒャルトの思い出の場所なのに……」

きっともう、あの背丈比《せたけくら》べの痕《あと》が残る部屋にも火が回ってしまっただろう。それを思うと涙《なみだ》がにじんでくる。

「焼けてなくなる前にもう一度見られて、よかったですよ」

「よくないわよ！　だいたいあなた、なんでここにいるの？　合図があったって何？　あたしに何かあったってわかったから、だから神殿を抜け出してきたっていうの？　なんでそんなことするの、今日は大事な日だったんでしょ。そんなことして、もしこれから不利なことになったらどうするの……っ」

矢継《やつ》ぎ早に問い詰める途中《とちゅう》で、息苦しさを覚えて咳《せ》き込む。さっきまではろくに声も出ないくらいだったのに、今はなぜだか止まらなかった。

「しゃべらないで、煙を吸い込む——」

「煙ならさっきから吸ってるからいいのよ！」

やけくそでミレーユは叫《さけ》んだ。きっと悲しいはずなのに、諦《あきら》めたような言い方をするリヒャルトがもどかしくて、彼にそんな思いを味わわせてきた者たちに腹が立って仕方がなかった。そして、彼に無茶《むちゃ》をさせたのは自分なのかという思いにうろたえてもいた。

「泳いできたって何なのよ、こんな寒い夜にそんなことして、凍《こご》えて溺《おぼ》れちゃったらどうするの。さっきだって、なんであたしを庇うのよ、一歩間違《まちが》えたらあなたが怪我《けが》して……、あなたはそんな危ない目に遭《あ》っちゃいけない人なのに！」

リヒャルトは急に立ち止まった。ぎゅっ、と繋《つな》いでいた手を強く握られる。

「……あなたのことが好きだからに決まってる！」

振《ふ》り返るなり激しい調子で答えた彼に、ミレーユは目を瞠《みは》った。

思いを吐《は》きだして少し冷静になったのか、彼は軽く息をつき、ミレーユの肩に手をやって顔をのぞきこむようにして続けた。

「好きな人が危険な目に遭っていれば、助けにいくのは当然のことです。……わかったなら、もう黙《だま》ってついてきてください」

「……」

念を押されるまでもなく、声が出なかった。うなずくこともできず、手を引かれるままミレーユはまた走り出した。

　廊下を抜けると、こちらにもらせん階段があった。それを下りて扉《とびら》を開ける。途端、熱風が押し寄せてきて髪《かみ》を乱した。

「火が……！」

　隠し通路に通じるその部屋は、すでに火が回っていた。外に出ようにも扉は炎に包まれている。それを見たリヒャルトは素早《すばや》く窓辺へ寄った。

「仕方ない、窓から出ましょう。――下がっていて」

　嵌《は》め殺しになっているのを確認すると、剣《けん》を抜いて柄《つか》でガラスを叩《たた》き割る。派手な音が響《ひび》き、冷気がわずかに入ってきた。

「先に下りて、下で受け止めます。二階ですが、高いところは平気ですか？」

「平気だけど、そんなことしたらあなたが危ないわ。あたし、一人で下りられるから」

「だめです。ガラスを落としたから危ない。それに、この前はバルコニーから飛び降りて足を痛めたと聞きましたよ。いいから、俺を信用して。言うことを聞いて下さい」

　落ち着いた口調で説得され、浮《う》き足だっていた気持ちが少し静まる。それがわかったのか、窓ガラスを割り終えたリヒャルトは剣を下へ投げ捨てると、早々に枠《わく》に足をかけて飛び降りた。下を見ると、着地した彼はすぐに立ち上がり、振り向いてこちらを見上げた。

「手を切らないよう、気をつけて」

　ミレーユはうなずいて、窓枠に手をかけた。いつもならこれくらいの高さ、どうということはないはずなのに、なぜか今は地面がひどく遠く見える。忘れていた目眩《めまい》がよみがえり、思わず窓枠にしがみついた。

「早く！」

急《せ》いたようにリヒャルトが叫ぶ。両腕《りょううで》を広げてこちらに伸《の》ばしているのを見て、ミレーユはぐっと力を込めると、思い切って飛び降りた。

弾《はず》みをつけすぎたのか、受け止めたリヒャルトはたたらを踏《ふ》んで後退《あとずさ》り、勢い余って後ろへ倒《たお》れ込んだ。抱えられたまま彼の上に一緒《いっしょ》に倒れたミレーユは、慌《あわ》てて身体《からだ》を起こした。

「大丈夫っ⁉」

下敷《したじ》きになったリヒャルトは苦笑《くしょう》気味に微笑《ほほえ》み、ゆっくりと上体を起こした。

「ええ……。恰好《かっこう》はつかなかったけど、なんとか無事です。あなたは？」

「大丈夫、だけど……」

たった今脱出してきたばかりの館《やかた》へと顔を向ける。外から見てみると炎の激しさがよくわかった。あんなところに今までいたのかと、ぞっとすると同時に体中から力が抜《ぬ》けそうになる。つられたように館を見上げ、彼は独り言のようにつぶやいた。

「ああ……。燃えちゃいましたね」

「……っ」

その横顔を見たミレーユは思わず彼の首っ玉にしがみついた。彼の膝《ひざ》の上に乗ったままだったが、それに気づくこともできなかった。

「あたし、大公のこと、大っ嫌《きら》い！」

悔《くや》しくて涙が出てくる。激しい怒《いか》りと悲しさがこみ上げてきて、それをぶつけるかのように力任せに抱きついた。八つ当たりしたいのか、それとも彼を慰《なぐさ》めたいのか、ひょっとしたらその両方なのかもしれなかった。

「なんで……リヒャルトから、なんでもかんでも取っていっちゃうのよ。なんで……」

泣きじゃくるミレーユを抱《だ》きとめたリヒャルトは、逆に慰めるように髪を撫《な》でた。

「これから全部取り返すから、そんなに泣かなくてもいいですよ。それに……あなたまでなくさなくて、よかった」

優《やさ》しい声で言われて、ますます涙腺《るいせん》が緩《ゆる》む。たぶん自分で思っていたよりもずっと、本当は怖《こわ》かったのだ。その証拠《しょうこ》に、抱きついたまま離《はな》れられずにいる。

「安全なところまで移動しましょう。もう少し歩けますか？」

気遣《きづか》うような声にうなずくが、実際はぴくりとも動けなかった。身体から力が抜け、徐々《じょじょ》に意識がぼんやりと白くなっていく。

「……ミレーユ？」

異変に気づいたのかリヒャルトが硬《かた》い声を出したが、もう返事をすることもできず、ミレーユはそれきり意識を失った。

第四章　近づく想い

シアラン宮殿《きゅうでん》では、アルテマリスから来た花嫁《はなよめ》のための歓迎《かんげい》の宴《うたげ》が開かれていた。

この日、茶会と称《しょう》した交流の場には多くの紳士淑女《しんししゅくじょ》が集《つど》っていた。変わり者の花嫁は自室にこもっていることが多かったが、今日は珍《めずら》しく公《おおやけ》の場に出てきたので、隙《すき》あらば接触《せっしょく》しようと誰もが目論《もくろ》んでいたらしい。

が、華《はな》やかで優雅《ゆうが》な宴となるはずのサロンは今、驚声と悲鳴で満ちていた。

「ひ、姫《ひめ》っ！　それは一体何なのですか⁉」

血の気の引いた顔を引きつらせ、出席者を代表して一人が訊《たず》ねる。当の公爵令嬢《こうしゃくれいじょう》はまぶしい笑顔《えがお》でそれに答えた。

「え？　何って、わたしのお友達ですけど？」

彼女の周りは、次々と運び込まれた不可解な物体で埋《う》まっていた。大きな鉢《はち》植えの植物はぎぐぎぐと不気味な音を立てているし、服を着せられた等身大の藁人形《わらにんぎょう》が何体も置いてある。とどめは、扉つきの小さな檻《おり》から出てきた、顔だけ人間で身体は犬のような生き物――。

令嬢はふと目線を落とし、今さらのように内気な素振《そぶ》りで打ち明けた。

「わたしって、寂《さび》しがりやさんなの。それでアルテマリスからお友達をたくさん連れてきたんですけど……。それが何か？」

「いや……、お友達というか……」

それ魔物《まもの》ですよね、とは言えないらしかった。

のそのそと檻から出てきた人面犬が、チッと舌打ちする。

『あー、いて。肩《かた》が凝《こ》ってしょうがねえや。こんな狭《せま》っ苦しいとこに閉じこめやがって。犬扱《あつか》いしてんじゃねーぞ』

ぐるぐると首を回す。人々はぞっと青ざめたが、令嬢だけは愛《いと》しいものでも見るように目を細めた。

「あらあらフランソワーズったら。そんなに乱暴な言葉を覚えるなんて、悪い子ね」

（それのどこがフランソワーズ⁉）

明らかに魔物である人面犬にそんな名前をつけてしまう令嬢に、一同が度肝《どぎも》を抜かれていると、当の魔物がじろりと目線を向けてきた。

『んだよ、コラ。見せもんじゃねえぞ』

ヒィッと悲鳴をあげて、十人ほど卒倒《そっとう》する。令嬢は、めっ、と叱《しか》るように魔物を見た。

「あらぁ、だめよ、フランソワーズ。ごめんなさい、この子最近反抗期《はんこうき》なものですから」

『誰がフランソワーズだコラ。てめえも呪《のろ》ってやろうか、はくしゃ――がぼ』

いきなり口を押さえられ、人面犬が顔をしかめる。令嬢はウフフと楽しげに笑った。

「ね、可愛《かわい》いでしょう？　こうやってつんけんしているところが大好きなんです、わたし」

「姫⁉　思いっきり手を噛《か》まれていらっしゃいますが！」

最初の紳士《しんし》が目をむいて指摘《してき》したが、彼女には少しの動揺《どうよう》もない。言われて初めて気がついたというように視線を下ろし、困ったように首を傾《かし》げる。

「あらあら。歯が生えてきたから、なんでもかんでも噛んじゃうのよね。成長期だから仕方がないのよねー」

「いや、姫！　流血していらっしゃいますよ！」

「もー、ほんとにやんちゃなんだからぁ。あとでおしおきよ、フランソワーズ。――アン、あれを」

「はい、姫さま」

傍《そば》にいた侍女《じじょ》が小さな袋《ふくろ》から何かを取り出して掌《てのひら》に載《の》せると、令嬢はそれを人面犬の口に押し込んだ。どうやら好物だったらしく人面犬は途端《とたん》に静かになったが、がつがつと食事をする壮絶《そうぜつ》な光景を見て、さらに十人ほどが卒倒した。

「あらまあ。そんなにこの子たちが珍しいですか？　シアランは神秘の国だと聞いていたから、これくらいで驚かれるなんてびっくりだわ」

膝の上の人面犬を撫でながら、令嬢は視線を戻《もど》した。今日もすっぽりとベールを被《かぶ》っているため表情はよく見えないが、声の調子からして不思議そうにしているようだった。

ようやくまともな会話ができそうだと思ったのか、何人かが気を取り直して席につく。それまでは、いつ魔物に襲《おそ》われても逃《に》げられるように皆立《みな》ち上がっていたのだ。

「ははは……、いくら神秘の国とはいっても、なかなかそのような人面……いえ、お友達のような方にはお目にかかれませんよ」

「シアラン公国は比較的《ひかくてき》新しい国ではありますが、この地の歴史自体は古いですからな。古代の神々の伝説なども残っていますし、それを神秘的と思われるのはわかりますが……」

「でも、シアランでは古代魔術《まじゅつ》がいまだに行われているのでしょう？　それってとっても神秘的だわ。もう何百年も前に禁止されているのに、この文明の世にもそれが生きているだなんて」

無邪気《むじゃき》な令嬢の言葉に、無理やり和《なご》やかな空気に持って行こうとしていた紳士たちは怯《ひる》んだようだった。思いがけない話題だったらしい。

「……姫は何か間違《まちが》った知識を教えられておられるようですが……。仰《おっしゃ》るとおり、古代魔術は西大陸では禁術として取り締《し》まられております。シアランでもそれは同じです。そんなものを扱う者などおりませぬ」

作り笑顔で諭《さと》すように言う紳士に、令嬢は首を傾げた。

「シアランはつい最近まで南大陸のダラステアと同盟を結んでいたのでしょう？　あちらではいまだに魔術が生きていると聞いていますわ。ですから、シアランにそれが入ってきていても不思議じゃないわ」

「いや、それは……」

まさかそんな話を持ち出されるとは思わなかったのか、彼は口ごもる。彼らにとって、野蛮《やばん》な南大陸の国との同盟は消したい歴史だ。誰も表立って口に出すことはできなかったが——。

「とっても興味があるわ……。古代魔術に傾倒《けいとう》している集団がいると聞いたんです。どなたか、ご存じないかしら？　ぜひ詳《くわ》しいお話を聞いてみたいんですけど」

好奇心一杯《こうきしんいっぱい》といった様子で見回す令嬢に、一同はざわついた。中でも年かさの紳士が、いくらか気色ばんで前へ出た。

「姫は、そのような違法《いほう》な者がシアランにいると思っておいでなのですか？　それは興味半分で口になさることではありません。古代魔術といえば、死者を蘇《よみがえ》らせるために生け贄《いにえ》をささげたりなどという、おぞましいものです。お若い姫が興味を持たれてはいけないことです」

少し厳しい口調で言う彼に、令嬢はにこにこと笑顔で応じた。

「ええ、知ってます。だから興味があるんです。だって、もしそんな人が本当にいたとしたら、アルテマリスの国王陛下にお知らせしなくちゃいけないでしょう？　危ない人たちでしょうから、捕《つか》まえてもらわないと……ねえ？」

まるで脅《おど》しのような発言に、人々は眉《まゆ》をひそめて顔を見合わせた。身に覚えのない者にしてみれば侮辱《ぶじょく》ともとれる言い分だ。

（一体なぜ姫はこのようなことを……？）

（もしや国王の意図によるものなのか？）

様々な憶測《おくそく》があちこちで囁《ささや》かれる。今宵《こよい》の宴は花嫁との交流どころではなくなってしまった。

ざわつくサロンから黒髪《くろかみ》の青年貴族が一人退出したこと、それをベールの下から令嬢が見ていたことに気づく者はいなかった。


「隊長殿《どの》！　ちょっとやりすぎではありませんか？」

自室へ戻るなり、ユーシスは諌《いさ》めるように切り出した。

「え？　何が？」

「じ、人面犬殿はしまって下さいっ！」

まるで愛玩《あいがん》動物のように胸に抱いている上官から、青ざめて目をそらす。それからため息をついた。

「あのようなことを仰ってよろしいのでありますか？　確かに欲しい情報ではありますが、やりすぎてあやしまれでもしたら、偽《にせ》の花嫁だと大公にばれるかもしれませんよ」

靴《くつ》を脱《ぬ》いで寝椅子《ねいす》に優雅に寄りかかったフレッドは、茶会の席では口にすることのなかった酒の杯《さかずき》を手に、けろりとして答えた。

「別に、偽者だとばれても構わない。どうせ証拠なんてないんだし、シアラン宮廷《きゅうてい》の皆さんさえ騙《だま》せてたらいいんだからね」

「しかしですね……」

「偽者とわかってるのに手が出せず、侮辱されても反撃《はんげき》できない……。さぞ不愉快《ふゆかい》だろうなあ、大公殿下《でんか》は」

にやりと笑って杯を口に運ぶ上官に、ユーシスの額に汗《あせ》が浮《う》かんだ。

（すごく楽しそうだ……）

なんだか、妹を妻にと望んだ男に対する陰険《いんけん》な仕返し行為《こうい》のような気がしてきた。いや実際、八割方くらいはそうなのかもしれない。

「大丈夫《だいじょうぶ》なのでありましょうか。いえ、もちろん隊長殿のことは信頼《しんらい》申し上げておりますが、あの大公殿下は何か……不気味なものを感じます。正攻法《せいこうほう》で包囲できるものでしょうか」

「方法なんて本当は何でもいいんだよ。ただし、目指す結果は一つだけだ。……リヒャルトがやられたのと同じ目に遭《あ》わせてやる」

本気か冗談《じょうだん》かわからないようないつもの口調で、笑《え》みを浮かべたままフレッドはつぶやく。挑戦《ちょうせん》的なその表情を見て、ユーシスはまたもたじろいだ。

（やる気満々だ……）

目的がぶれない上官についていくのは頼《たの》もしい。だが、攻《せ》め急いでいるようで同時に少し心配だった。そこまで好戦的になる理由が他《ほか》にもあるのではと勘《かん》ぐってしまう。

「――隊長殿は、もしや国王陛下をお恨《うら》みなのではありませんか？　これまで信じて尽《つ》くしてこられたのに、ミレーユ殿の件では裏切られたようなものですし……」

本当ならこんな質問をすること自体が国王に対する不敬だろう。だがユーシスにとっては顔もはっきり見たことのないような雲上人より、恩人でもある上官のほうがはるかに尊敬に値《あたい》する存在だった。だから、今回のことで愛想《あいそ》を尽かしたフレッドが国を捨てるのではと――そんな大げさかもしれない想像をして心配していたのだ。

「まあね……。これだから貴族や王族の思考回路は、と思ったよ。今まで散々ただ働きさせといてさぁ。いくらぼくが心根の優《やさ》しい美少年だからって、ものには限度ってものがあるよね」

やれやれと頭を振《ふ》って嘆《なげ》いたフレッドは、ふっと真顔になってユーシスを見た。

「でも、ぼくは戦うよ。戦っている美しい自分が好きだから！」

キラーン！と瞳《ひとみ》を光らせて見つめられ、ユーシスは面食《めんく》らった。勇者になるのが夢である隊長は、どこまでも攻め続ける生き方に迷いがないようだった。

「素敵《すてき》な決め顔でいらっしゃるところ、失礼いたします。フレデリックさま、若君からお手紙が届きましたわ」

アンジェリカがにこにこしながらやってきて手紙を差し出す。それからおもむろに小さな帳面を取り出した。

「我が道を行く美少年の上官と、それが心配でたまらない常識人の年上部下……。相変わらずユーシスさまは素晴らしい協力をしてくださいますわね……。おかげで創作活動も進みますわ。いつもありがとうございます」

「い、いえ、自分はそんなつもりはまったく……」

なぜか礼を言われてユーシスは顔を引きつらせたが、手紙に目を通していたフレッドが少し難しい顔つきになったのを見て自分も表情を改めた。

「変だね……。『ミレーユを保護した』って書いてある。ありえない」

彼のつぶやきに、ユーシスとアンジェリカは顔を見合わせた。

「確かに、歓迎《かんげい》式典の時点では、若君はミレーユさまを拒絶《きょぜつ》なさっていたそうですが。気が変わられたのかもしれませんわ」

「そうじゃないよ。この時期、シアラン国内で情報をやりとりするのに危険がともなうのは彼が一番よくわかってるはずだ。それなのにミレーユの名前を出すわけがない。仮に本当だったとしても、だからこそぼかすと思うね」

「でも、ミレーユさまを保護した喜びで、気が緩《ゆる》んでしまわれたのかも……」

指を顎《あご》にあてて考えこむようにつぶやくアンジェリカに、フレッドは肩《かた》をすくめた。

「きみの若君は、そんなに愚《おろ》かな人だったかい？　ぼくの親友はそうじゃなかったよ。この偽手紙を書いた人は詰《つ》めが甘いな」

「ですが、誰がそんなことをするのです？」

「そりゃ、ぼくらを罠《わな》にはめたい人さ。見当はついてるから、今夜あたり会ってこようかな。いつから情報操作されてたのかわからないから、向こうに使者を出す時にも気をつけないとね。あと、この手紙を持ってきたのは誰？　話を聞きたいから連れてきてくれるかい」

アンジェリカがうなずいて部屋を出て行く。素早い指示に感心しながらも、ユーシスは表情を引き締めた。

「自分も行きます」

「いや、お供は彼にお願いするよ。――ついてきてくれるよね？　フランソワーズ」

ぱちりと片目を瞑《つぶ》ってお願いするフレッドに、専用の寝床《ねどこ》にうずくまっていた友達、もとい人面犬は鬱陶《うっとう》しそうに顔をしかめた。

『うっぜ……。めんどくせ』

「もー、素直じゃないんだからなぁ！　ほんとはぼくのことが大好きなくせにさ！」

アハハと人面犬を抱《だ》き上げて楽しげにくるくる回る上官を、ユーシスは何とも言えない不安を感じながら見守ったのだった。

若い女性の声が、こんなところで聞こえるのは珍《めずら》しい。――そう思ったのが、目を覚ましたきっかけだった。

「――いいわね、あなたたち。ミシェルが本当は女の子だというのは、誰にも内緒《ないしょ》よ。ここで見たことは、この部屋を出たらすべて忘れること。いい？」

可愛《かわい》らしい声で誰かがしゃべっている。他の者に何か言い含《ふく》めているようだ。

「わたくしだって、本当はショックなのよ？　けれど、実際にこの目で見てしまったのだもの、現実を受け入れるわ。またわたくしだけの王子様を探《さが》さなくてはね……」

ミレーユは、かっと目を開いた。すぐ傍《そば》に座っていた彼女の腕《うで》をがしっとつかむ。いかにも残念だという調子でため息をついていた彼女は、きゃっと悲鳴をあげ、驚《おどろ》いた顔でのぞきこんできた。

「あら、目が覚めたのね、ミシェル。あ、じゃなくてミレーユだったわね。ああ、でも、あなたのことは秘密だと言われているから、ミシェルのままでいいかしら？」

「……エルミアーナさまっ？」

かいがいしく看病してくれていたのがまさかの公女だったことに、ミレーユは度肝《どぎも》を抜《ぬ》かれた。親衛隊に斬《き》られたはずなのに、見る限りどこにも怪我《けが》をした様子はない。

「どうして……？　大丈夫なんですか？　本物ですよね？」

混乱するあまり失礼なことを訊《き》いてしまったが、彼女は気を悪くした様子もなくあっけらかんとうなずいた。

「ええ、本物よ。――ああ、ぴんぴんしているから、びっくりしたのね？　それについては、わたくしも驚いているの。実はね、これのおかげで助かったの」

そう言って彼女が差し出したのは、一冊の本だった。『恋人《こいびと》ごっこ計画書』と書いてある見覚えのあるそれは、真ん中あたりに鋭利《えいり》な切れ目が入っている。

「これを持っていたおかげで、ほとんど斬られなかったの。ドレスは少し破れてしまったのだけど。でもね、さすがにわたくしもあの時は、もうだめだと思ったのよ。王子様に看取《みと》られてこのまま天国に行くのだわと思ったら、すっと気が遠くなって……。ほんとうに怖《こわ》かったわ」

そんなことを言いつつも、それほど怖がってもいないような顔をしている。のんびりした口調で説明する彼女をミレーユは呆然《ぼうぜん》として見ていたが、やがてぽろっと涙《なみだ》をこぼした。

「まあ、ミシェル？　ごめんなさい、あなたも怖かったわよね。泣かないでちょうだい」

「いえ……、ご無事でよかったです」

安堵《あんど》のあまりこみあげた涙を急いでぬぐい、ミレーユは笑った。呑気《のんき》そのものでいるのを見て心の底からほっとする。

聞けば、ここはリヒャルトが本拠《ほんきょ》を置いた館《やかた》の一室だという。何しろ男所帯であるため、ミレーユの看病はエルミアーナと彼女の侍女《じじょ》たちがしてくれていたらしい。

「ねえ、ミシェル。剣《けん》を取ってきてくれて、ほんとうにありがとう。お兄様も他のみんなも、とても喜んでいたわ。あれは国主の持ち物ですもの。わたくしも家出をした甲斐《かい》があったというものだわ」

嬉《うれ》しそうな彼女に、ミレーユも笑顔でうなずいた。そもそも彼女が持ち出してくれなければ今日こうして喜び合うこともできなかったのだ。礼を言いたいのはこちらのほうだった。

「ああ、でもね、わたくしったら肝心《かんじん》の鍵《かぎ》を持ってくるのを忘れてしまったの。それに、宝石も持ち出せなかったのよ。これじゃ意味がないわ。もう、わたくしのばかばかっ」

急に自分の頭をぽかぽかと叩《たた》き始めた彼女を、ミレーユは目を瞠《みは》って見つめた。

（鍵と宝石……。それって、ルーディが言ってたやつよね。鍵の一つはリヒャルトが持ってるけど、他のはまだ宮殿《きゅうでん》にあるんだ……）

さすがに一式そろえて持ち出して来るのは難しかったのだろう。公女は責任を感じているようだ。

「お兄様は気にしなくていいっておっしゃったけれど……。あっ、そうだわ、お兄様とお会いしたの。とっても素敵な方ね。しかも、あなたと親しい仲でいらっしゃるなんて。わたくし、どきどきしてしまったわ」

エルミアーナは頰《ほお》を染め、胸に手を当てた。自分が寝《ね》ている間に、兄妹《きょうだい》は対面を果たしたらしい。彼女が本当に嬉しそうなので、ミレーユも自然と顔がほころんだ。

「よかったですね、エルミアーナさま。お兄様と再会できて」

「ええ。たくさんお話をしたわ。お忙《いそが》しそうだから、あなたのお見舞《みま》いにいらした時にここで話しただけだけれど。ねえ、ミシェル。あなたったら丸二日も眠《ねむ》っていたのよ。お兄様は何度もお見舞いにいらしたけれど、すごく心配なさっていたわ」

「え……、二日も？」

「本当に目を覚ますのかってお医者様を問い詰めたり、謝るから、もう帰れなんて言わないから、お願いだから目を覚ましてって、あなたの手を握《にぎ》って言ってらしたわ」

ミレーユは言葉をなくしてエルミアーナを見つめた。何のことを言われているのかすぐにわかった。二日も目を覚まさなかったせいで、きっと彼は今頃《いまごろ》自分のことを責めているだろう。

「やっぱり、王子様は姫《ひめ》の窮地《きゅうち》には必ず助けに来てくれるのね。現実にそれが証明されて、すごく感動したわ」

「あ……、あの、あたしは女なので、もうエルミアーナさまの王子様にはなれないんです。ごめんなさい……」

「あら。あなたのことじゃないわ。お兄様よ。あなたを救うために駆《か》けつけていらしたのでしょう？　素敵ね……」

夢見るような彼女の発言に、あの時のことを思い出す。煙《けむり》のただよう廊下《ろうか》で、駆けてくるなり抱きしめられたこと。あの時の彼の必死な顔を思うと胸の奥がきゅんとした。

きっと今も心配しているだろう。早く会って、元気になったと言ってあげたかった。

「ああ、そうだわ。これね、あなたに渡《わた》してほしいと侍女が頼まれたそうなの」

思い出したようにエルミアーナが封書《ふうしょ》を差し出してきたので、ミレーユは我に返った。

「手紙……？　あたしにですか？」

「ええ。もっと早くに渡すよう言われていたそうだけれど、遅《おそ》くなってごめんなさい。ウォルター伯爵《はくしゃく》からだそうよ」

「えっ!?」

あっさり言われて、ぎょっとする。慌《あわ》ててそれを受け取り、封を開けた。

(伯爵の使者が言ってた手紙って、このこと？　本当のことだったんだ……！)

畳《たた》まれた便箋《びんせん》を恐る恐る開く。ミレーユはごくりと喉《のど》を鳴らして目を走らせた。

　エルミアーナが侍女たちと共に出ていって間もなく、今度はヴィルフリートが見舞いにやってきた。白い毛並みの虎《とら》の着ぐるみを着て現れた彼を、ミレーユは目を丸くして迎《むか》えた。

「ヴィルフリートさま、それ、どうしたんですか？」

「これか。フレデリックから譲《ゆず》り受けたのだ。いいだろう」

　得意げに腰《こし》に手を当てて言うので、ミレーユは笑ってうなずいた。

「よくお似合いです」

　うむ、と嬉しそうに笑い、彼は抱《かか》えてきた箱の山を寝台《しんだい》の傍のテーブルに置いた。

「ラドフォード男爵《だんしゃく》が来ていてな。いろいろ置いていったのだ。これはきみに、と」

「男爵が？」

　ラドフォード男爵といえばリヒャルトの義理の祖父だ。本業は商人で、世界を股《また》にかける船乗りと言っていたから、水運業の発達したシアランにいるのも自然な話かもしれない。

「商隊を率いて国へ帰る途中《とちゅう》に立ち寄ったと言っていた。明日まで滞在《たいざい》するらしい」

「そうですか……」

　なんとなくその事実を頭の中で繰《く》り返していると、ヴィルフリートは積まれた箱を一つ抱えて持ってきた。

「異国で買った菓子《かし》だと言っていたぞ。遠慮《えんりょ》せず食べるといい」

「はい。じゃ、ヴィルフリートさまも一緒《いっしょ》に」

　蓋《ふた》を開けると、一つずつ薄《うす》い紙にくるまれた焼菓子が詰まっている。かなり高級そうな菓子だ。

二人はそれぞれ手を伸《の》ばしたが、そこで王子が着ぐるみ姿だったことに気づいた。虎の手のままでは紙をはずして食べるどころか、お菓子をつまむこともできないだろう。

「む……、しくじったな。まあいい。きみだけ食べろ。僕はそんなに空腹でもないから」

途端《とたん》、王子のお腹《なか》がぐぅと鳴る。む、と眉根《まゆね》を寄せた彼を見てミレーユはお菓子を一つ手に取った。

「あ、じゃあ、あたしが食べさせて差し上げますね。ちょっと待っててください」

急いで紙包みをはずしたが、ヴィルフリートはぎょっとした顔で目をむいた。

「いやっ、だめだ！　そんな、手ずから食べさせるなど、破廉恥《はれんち》なっ」

顔を赤くした彼に激しく拒否《きょひ》され、ミレーユはきょとんとしたが、はっと気づいて手を止めた。いつもリヒャルトにされているから、つい同じようにやろうとしてしまった。さすがに王子様相手にこれは無礼だろう。

「そ、そうですよね、すみません！　失礼ですよね、あたしなんかが……」

「あっ……、いや……」

すぐに引っ込めたのを見て少し拍子抜《ひょうしぬ》けしたようにつぶやいた彼は、しばらく黙《だま》ったあとで、目をそらしたまま口を開いた。

「……やっぱり、食べるぞ。た……食べさせてくれ」

「いいんですか？　じゃあ……」

一人だけ食べるのも気が引けるし、王子がそう申し出てくれて内心ちょっとほっとする。ミレーユは中の菓子をつまんで彼の口に運んだ。

「……」

無言でぱくりとそれを食べた王子は、しばし沈黙《ちんもく》ののち、突如《とつじょ》頭を抱えてのけぞった。

「ぬあああっ！　違《ちが》う！　こんなことをしに来たんじゃない!!」

「ど、どうしたんですかっ」

よく見れば顔が真っ赤だ。そんなに恥《は》ずかしかったのだろうかと、なんだか無理強《むりじ》いしたようで責任を感じていると、はあはあと息を切らしていた彼は、やがてぽつりと言った。

「……実はな。今日が誕生日なのだ」

「えっ。そうなんですか？」

驚いて身を乗り出すと、王子はうなずいて続けた。

「いつもは城で盛大な誕生祝いの宴《うたげ》が開かれていたのだが、今年はそれがないだろう？　ふとそれを思い出してな。僕ももういい歳だから、あのような宴で喜ぶのはやめようと思うのだが……一応、だな……、きみにだけは、その……」

今年その宴がなかったのは、自分に協力してシアランに来てくれたからだ。それに気づいてミレーユは急に申し訳なくなった。だが王子はそんなことは気にしていないらしく、ゴホンと咳払《せきばら》いして続けた。

「お……、おめでとうと言ってくれないか」

どうやらそれを言いたくて落ち着かなかったらしい。ミレーユは笑顔になった。

「誕生日おめでとうございます、ヴィルフリートさま！」

うむ、と王子は嬉しそうな顔になる。それで満足したように、話を続けた。

「ちなみに、ラドフォードの時は何か祝いをしたのか？」

急にリヒャルトのことを持ち出されてミレーユは面食《めんく》らったが、はっと口を押さえた。

「してないです……、ていうか……誕生日、知らない……」

「そうなのか？」

意外そうなヴィルフリートに、こくりとうなずく。自分の誕生日を祝ってくれたから、いつかお返しをしたいと思っていた。だが誕生日以降の日々があまりにばたばたしすぎていて、結局そのことを彼に訊《き》けずじまいだったのだ。今さら思い出してショックを受けていると、ヴィルフリートが少し考えてから続けた。

「では、以前僕と街へ行った時のように、やつと二人で出かけることはあるのか？」

「いえ……なかったと思います」

二人でいた時間はあったはずなのに、完全に私的な外出をしたという記憶《きおく》がない。たまに街へ行くことはあっても、いつも何かしら騒動《そうどう》に巻き込まれてうやむやになってしまった。

「ふうん……。そうなのか。そういえば、やつは王宮でも仕事ばかりしていたな」

王子はぶどう酒入りの杯《さかずき》を器用に両手で持って口へ運んだ。ああいうのを朴念仁《ぼくねんじん》というのだな、と真面目《まじめ》な顔でつぶやいている。

誕生日の話を思い出し、ミレーユはあらたまって訊《たず》ねてみることにした。

「ヴィルフリートさまは、どうしてそんなにあたしによくしてくれるんですか？　普通《ふつう》、王子様ってお城から出ちゃいけないんでしょう？　なのにこんなところまで、あたしのために……」

正確にはフレッドたちと行動を共にしていたのだが、もともとの原因はミレーユだろう。シアランへ行くのに馬車や旅費を出してくれたことも忘れてはいなかった。

「それは、きみが好……」

言いかけて、ヴィルフリートははっとしたように口をつぐんだ。難しい顔になって考え込んでしまったが、何かに気づいたように顔をあげた。

「……そうだ。きみは、僕の英雄《えいゆう》なんだ」

「えっ？」

思いがけない返事に目を丸くすると、彼は真面目な顔で続けた。

「いつだったか、謀反人《むほんにん》に刃《やいば》を向けられた時、きみは僕を庇《かば》ってくれただろう。あの時からずっと、たぶん……そうなんだ」

王宮で肝試《きもだめ》し大会が行われた時のことだ。あの時は咄嗟《とっさ》にそうしたが、英雄と言われるほどのことをしたとは思わなかった。

「それは、だって、目の前で斬《き》られそうになってるんだから当たり前っていうか……。そもそもヴィルフリートさまは王子殿下《でんか》なんですから、あたしじゃなくても、他《ほか》の誰でもそうしたと思いますよ」

「僕の臣下ならそうだっただろう。だが、きみは臣下じゃない」

「うーん……。そういうものですか？」

首をひねるミレーユに、ヴィルフリートは「そうだ」とうなずく。

「僕ときみは……その……友人だろう！　うむ、だからこんな場所まで付き合ったのだ。だから気にしなくていい」

無理やりのように答えを出し、ぶどう酒をあおる彼を、ミレーユはしみじみと見つめた。やはりこの王子様はとても優《やさ》しい人だと思った。

酒を飲んでふうと息をつき、少し黙ってから、王子はあらたまったように続けた。

「きみの味方をしたのは……そうだな。正直なところ、兄上やフレデリックを出し抜《ぬ》いてやろうという思いもあったし、ラドフォードの行動にも腹を立てていた。何より、きみがあまりに一生懸命《いっしょうけんめい》だから助けてやりたいと思って、ここまで来た。——だが、今回のことでわかった。ここは危険だ。きみはここにいないほうがいいと思うのだ」

真剣な顔つきで言ったヴィルフリートは、やがて思い切ったように続けた。

「ミレーユ。僕と一緒に、アルテマリスに帰ろう」

思いがけない申し出に、どこか緊張《きんちょう》したような顔の彼をミレーユは驚《おど》いて見つめ返した。

「──若君。ミシェル様がお目覚めになりました」

入ってきたロジオンの言葉に、執務室《しつむ》でアルテマリスへの手紙を書いていたリヒャルトは、ほっと息をついた。

「そうか。どんな様子だ？」

「公女殿下や王子殿下がお見舞《みま》いに来られ、楽しそうにお話しされていました」

「じゃあ、元気なんだな。俺もこれが終わったら行くよ」

は、とかしこまってロジオンは頭を下げたが、退出する気配もなくその場に留《とど》まっている。何か言いたいことがあるらしい。

「どうした」

「お詫《わ》び申し上げねばならないことがございまして」

「詫び？」

「は。──実は、若君よりお先にミシェル様に求婚《きゅうこん》してしまいました」

リヒャルトは唖然《あぜん》として彼を見つめた。

「なんだって？」

「申し訳ございません。まさかまだ求婚されていないとは思っておりませんでした」

嫌味《いやみ》や皮肉でなく本気で申し訳なさそうな彼に、リヒャルトはため息まじりに口を開く。

「──ロジオン。あのな……」

一体何をどうしたらそうなったのか。やはり必要以上に親しくなっている気がして、詳《くわ》しく聞き出そうとした時だった。

バーン、と執務室の扉《とびら》が前触《まえぶ》れもなく開いた。見れば、近衛の者らが止めるのも無視して入ってきたのは、不機嫌《ふきげん》な顔のヴィルフリートだ。なぜか白虎《びゃっこ》の着ぐるみ姿である。

近衛の者らに下がるよう指示したリヒャルトに、ヴィルフリートはじろりと視線を向けた。

しかしいつものように怒鳴《どな》り散らすことはなく、わりと静かに切り出した。

「ミレーユに会ってきたぞ」

「はい。今、報告を受けたところです」

彼はむすっとした顔でリヒャルトをにらみ、ふいと視線をそらした。

「……僕は、彼女が炎《ほのお》の中にいると知っていたのに何もできなかった。誰かに要求するばかりで。……おまえは迷わず飛び込んでいったというのに」

それをひどく気にしているらしい。負けず嫌《ぎら》いだからという理由ではないことくらい、リヒャルトも知っていた。王子は悔《くや》しげに視線を戻《もど》し、むすりとしたまま宣言した。

「口先だけの男は退散する」

「殿下……」

「だがしかし！　僕はおまえと違《ちが》って、彼女に誕生日を祝ってもらったぞ。しかも二人きりで！」

いきなり叫《さけ》ばれ、リヒャルトは目を見開いた。言われてみれば今日は王子の誕生日だ。

「手ずから菓子《かし》を食べさせてくれたし、以前は二人で楽しく街で逢《あ》い引きもしたのだからな。

おまえはそれらのどれも経験がないと聞いたぞ。その点では僕のほうが優位に立っている。どうだ、羨《うらや》ましいだろう！　いい気味だ！　ふはははは!!」

「……」

得意げに高笑いしたヴィルフリートは、絶句しているリヒャルトを見て気が済んだらしく、ふんっと鼻を鳴らした。

「今日はこのくらいで勘弁《かんべん》してやる。今度また泣かせたら、その時は全力でぶちのめしてやるからな。肝《きも》に銘《めい》じておけ！」

前脚《まえあし》を突《つ》きつけて捨て台詞《ぜりふ》を吐《は》くと、彼は来た時と同じように騒々《そうぞう》しく部屋を出て行った。

目を覚ますと、部屋の中は薄暗《うすぐら》かった。隅《すみ》のほうで小さい明かりが一つ灯《とも》っているだけだ。

ヴィルフリートが帰ってからまた眠《ねむ》ってしまったが、どれくらい時間が経《た》ったのだろう。

ぼんやりと視線をめぐらすと、壁際《かべぎわ》に誰かが座っているのが見えた。椅子《いす》に腰《こし》掛《か》け、軽く腕《うで》を組んで俯《うつむ》いている。どうやら寝《ね》ているようだ。それが誰かわかって、ミレーユはどきりとした。

（……リヒャルト？）

そっと寝台《しんだい》を抜け出し、近づいてみる。のぞきこんでみたが、やはり眠っているようだ。

彼の顔を見るのは、あの火事の時以来だった。もう随分《ずいぶん》長く会っていないような気がしてきて、思わずまじまじと寝顔を見つめる。

（寝顔ですら恰好《かっこう》いいわね……）

起きている時ならこんなふうには観察できないだろう。ついつい近くで見たくなって顔を傾《かたむ》けてのぞきこんでいたが、無意識に近づき過ぎていたことに気づいて慌《あわ》てて離《はな》れようとした。

（……ん？　なんだろう）

リヒャルトの後頭部、髪《かみ》の毛が一部だけ短くなっている。何か不自然な気がして顔を近づけたミレーユは、はっと息を呑《の》んだ。その近くに、縮《ちぢ》れたようになっている髪の毛があるのを見てしまったのだ。

（もしかして、あの時……？）

逃《に》げる途中《とちゅう》、燃える柱時計が倒《たお》れてきて庇ってくれた時。火の粉が舞《ま》っていたが、あれが髪を焼いてしまったのに違いない。それに気づいて、顔から血の気が引くのがわかった。

エルミアーナはロマンチックな解釈《かいしゃく》をしていたようだが、一歩間違《まちが》えば取り返しのつかないことになっていただろう。いや実際、既《すで》にしてしまったのかもしれない――。

「ごめんね……」

思わずつぶやいて、髪に触《ふ》れようと手を伸《の》ばした。と、寝ていたはずのリヒャルトがおもむろに顔をあげたので、ミレーユはぎょっとした。

「お、起きてたの？」

「……」

無言のままリヒャルトは腕組みを解き、離れかけたミレーユの身体《からだ》を引き寄せた。

「ちょっ……、リヒャルトっ？」

「……」

「……？　寝ぼけてるの……？」

抱《だ》きついたまま、また彼は俯いてしまう。抱き枕《まくら》状態にされたミレーユは引きつりながらも顔を赤らめた。

（なんなのこの寝ぼけ方は!?）

寝起きが悪いと自分で言っていたが、確かにこの寝ぼけ具合は性質《たち》が悪い。誰彼構わずこんなことをしているのだろうかと思いながら硬直《こうちょく》していたら、急にリヒャルトが顔をあげた。状《じょう》況《きょう》に気づいたのか驚いたように目を見開く。

「……何してるんですか？」

「いや、あなたがやったのよ？　こっちの台詞よ、それは」

「……ああ。すみません。寝ぼけました」

少し決まり悪そうに眉間《みけん》を押さえたが、すぐに微笑《ほほえ》んで見上げてきた。

「やっと会えましたね。もう起きても大丈夫《だいじょうぶ》ですか？」

座ったままの彼に抱き寄せられ、目線の高さがいつもと違って妙《みょう》に落ち着かないのを感じながら、ミレーユはうなずいた。締《し》めつけられるようで、それでいて甘いような痛みが胸に走る。

久しぶりに見た笑顔《えがお》のせいだろうか。

煙《けむり》の中で顔を見た時、どんなに嬉《うれ》しかったか思い出す。だがそう思っていた自分が今は少し後ろめたくて、いたたまれなくなって身体を離した。

「あたし、ちょっと……出てくる」

リヒャルトは少し残念そうな顔をしたが、気を取り直したように扉のほうを見た。

「女性を呼びましょうか？　エルミアーナの侍女《じじょ》を……」

「ううん、大丈夫。一人で行きたいの」

早口で断って、ミレーユは寝台にあったガウンをつかんだ。エルミアーナが見舞いに来た時に置いていってくれたものだ。彼女の侍女たちが着替《きが》えさせてくれていたから清潔な服を身につけてはいたが、上着を脱《ぬ》いだ状態で出歩くのはさすがに寒そうだった。

「じゃあ、気をつけて」

深くは訊《き》かずに優《やさ》しく送り出してくれる彼にうなずいて、ミレーユは急いで部屋を出た。

逃げ出したはいいが、行く当てがあるわけではない。第五師団の宿舎ではないせいか知った顔にも行き合わなかった。しんしんと冷え込む静かな廊下《ろうか》を、ミレーユはとぼとぼと歩いた。

『王子様は、姫《ひめ》が危ない時には、どんな手を使っても助けに来てくれるのよね――』

以前エルミアーナが言っていたことが脳裏《のうり》をよぎる。リヒャルトの髪の毛のことを思い出して、心が重くなった。

（確かに、リヒャルトはいつだって助けに来てくれる。今度だってそうだったし……）

だが、彼は本物の『王子様』だが自分は『姫』とは違《ちが》う。だから本当はその構図はおかしいのだ。彼は「自分の傍《そば》にいると危ない目に遭《あ》う」と繰《く》り返し言っていたが、実際は逆なのではないだろうか。

ミレーユの傍にいるから、彼まで危ない目に遭う――。

リヒャルトのため、という理由があれば何をやっても許されるというわけではない。自分の行動は、手助けどころか妨害《ぼうがい》になっているのではないか。そう気づいたら途端《とたん》に怖《こわ》くなった。

（今だってあたしがリヒャルトの命運を握《にぎ》ってるようなものよね。伯爵《はくしゃく》の作戦にあたしが協力しなかったら、大公にリヒャルトのことを売るって……）

伯爵の言っていることは嘘《うそ》かもしれない。でももし本当だったら――？　そう思うととても無視することはできなかった。現に伯爵はリヒャルトの周辺に出没《しゅつぼつ》している。手紙を渡《わた》すよう言ってきたのは確かに伯爵の従者だったという。つまり、伯爵はこの離宮《りきゅう》に来ていたのだ。

それにフレッドのこともある。なんだか胸騒《むなさわ》ぎがして仕方がなかった。

と、ゴホン、とわざとらしい咳払《せきばら》いが思考に割り込み、ミレーユは顔をあげた。

そこにいたのはロジオンの兄だった。厳しい表情でこちらに歩いてきた彼は、むすりとしたまま目礼した。

「――お目覚めになったようで、何よりです」

思いがけず労《いたわ》りの言葉をかけられたが、それに答えるより先に冷たい言葉が続いた。

「では、そのまま国へお帰りいただけますか。これ以上あなたが若君のお側におられるのは、お互《たが》いのためによくありません」

つい今まで自分が考えていたのと同じことを言われ、ミレーユは何も言えずに黙《だま》り込んだ。

彼は少し間を置き、やがて抑《おさ》えきれなくなったように口を開いた。

「若君は、いずれ大公の地位にのぼる御方《おかた》として何事にも動じぬよう教育を受けてこられました。その若君が、あなたのことになると冷静さを欠いてしまわれる。よもや、大事な会議を中断して敵が占拠《せんきょ》する離宮にお戻りになり、炎の中に飛び込まれるとは……。これまでの若君なら、ご自分のお立場をわかった上で、そのようなことは絶対になさらなかった」

強い口調で言われ、ずきりと胸が痛んだ。今それを言われるのは、正直応《こた》える。

「あなたさえいなければ、若君はご自分に用意された道を順調に進んでいかれたはず。国王陛下の庇護《ひご》のもと、名門の姫君《きさき》を妃に迎《むか》え、今のようなご苦労をなさらずに大公位にお上りになれたはずなのです。突然《とつぜん》現れたあなたの存在は、若君の人生において障害でしかない」

一気にまくしたてた彼は、そこで我に返ったように軽く咳払いした。

「誤解しないでいただきたいのですが、私とて、あなたがご無事でよかったと思っています。しかしそれとこれとは話が別です。あなたは若君のお立場を危《あや》うくしている。それはまがうかたなき事実です。若君のことをお思いなら、申し訳ないが身を引いていただきたい。……あの方は私どもの希望なのです。その希望を奪《うば》わないでください」

最後は静かな口調で言われたが、それは余計にミレーユの心をえぐった。

「……わかりました」

なんとかしっかりした声を押し出して答える。彼に言われるまでもなく、自分でも考えていたことだ。それほど抵抗《ていこう》はなかった。

「あの……、ひとつ教えてください。リヒャルトに縁談《えんだん》があるって、本当なんですか？」

神殿《しんでん》で会ったウォルター伯爵がそんなことを言っていたと思い出したのは、今の彼の言い方が少し引っかかったからだった。彼はしかめ面《つら》で一瞬黙《いっしゅんだま》ったが、やがてうなずいた。

「——本当です。シアラン大公家の蒼《あお》の宝剣《ほうけん》を持ち帰り、アルテマリス王家の姫君を正妃に迎える。それが、国王陛下が若君に出された条件です。……若君には、ラザラス公爵《こうしゃく》家のラティシア様と結婚《けっこん》していただきます。ご幼少の頃《ころ》からの許嫁《いいなずけ》ですから、自然な流れでしょう」

「……」

初めて聞く名前が出てきて、ミレーユはその場に立ちつくした。まるで、だからおまえの入る余地はないと言われたような気がした。

この人はリヒャルトのお付きの人なのだから、嘘をつくわけがない。ウォルター伯爵が言っていたことは本当だったのだ。じわじわとその事実が胸にしみこんでいく。

(そういえば……、神殿で伯爵がその話をした時、ロジオンも聞いてたはずなのに何も言わなかった……。もしかしてロジオンもこのこと知ってたの？　知ってたのに黙ってた……？)

知ればショックを受けると思ったからだろうか？　それに気づいてますます呆然《ぼうぜん》となる。

どれくらいそうしてそこにいたのだろう。気づくと彼はいつの間にかいなくなっていた。代わりに、ふと気配を感じて振《ふ》り返ると、ヒースが立っていた。

どうやらやりとりを聞いていたらしい。叱《しか》られた子どもを慰《なぐさ》めるような、微妙《びみょう》な顔つきをしている。

「——よく言い返さなかったな。あれだけ言われて」

「……だって、全部ほんとのことでしょ……」

声をしぼりだして答える。ヒースは息をついてこちらにやってきた。

「気にすんな。あの兄さん、半分はおまえに八つ当たりしてんだよ。殿下《でんか》命みたいだからな。ああ言ってたが、神官長も貴族のお歴々も殿下を見放したりなんてしてねえし、安心しろ」

「本当？」

「ああ」

暗い廊下の奥へと目をやりながら言ったヒースは、神官服姿のところをみると神殿の使いとして来ているのだろう。黙っているミレーユに目を戻《もど》し、ぽんと頭をたたいた。

「だから深入りすんなって言ったろ」

「……」

神殿で会った夜にそう言われた時は、なぜ急にそんなことを言うのかと戸惑《とまど》ったものだが、今なら理由がわかる。下町で生まれ育ったミレーユを知る人だからきっと心配してくれたのだ。思えば彼以外の誰もああいった指摘《してき》をしてくれた人はいなかった。

「ヒースも知ってたの？　リヒャルトの縁談の話」

「具体的には知らなかったが、まあそんなこったろうとは思ってたよ。八年も匿《かくま》ってた虎《とら》の子の王太子を、国王があっさり外に出すわけねえしな」

「……けど、そんなにあたしを心配してるなら、なんで誘拐《ゆうかい》なんてしたのよ」

するとヒースは軽く顔をしかめて頭をかいた。

「神殿の上の人らにな、ウォルター伯爵がある秘密を探《さぐ》ってるから手伝えって言われてたんだ。ところが閣下は、その情報を渡してほしければ自分に協力しろって脅《おど》してきやがった。おまえを連れてこいってな」

「あたしが交換《こうかん》条件ってこと？」

そこまで重要視されているなんて、例の作戦に伯爵はよほど賭《か》けているようだ。

（あれ？　でもフレッドが持ちかけた話なのよね、確か。いつ頃持ちかけたんだろ……）

疑問に思っていると、ヒースが大きく息をついて続けた。

「ま、脅されたって言ってもおまえの誘拐を承諾《しょうだく》したのは事実だし、それについては弁解しねえよ。途中《とちゅう》までは本気でおまえを利用するつもりだったし……。殴《なぐ》って気が済むなら殴れ」

意外に真面目《まじめ》な顔で言われ、ミレーユはため息をついて首を振った。

「別に……。あの時はそりゃ、ひねってドブに投げてやろうかと思ったけど」

「……どういう状況だよ、それ」

「でも、なりゆきでもリヒャルトに会えたんだし、もういいわよ」

「そんだけ会いたかったやつと、本当に離《はな》れてもいいのか？」

念を押すような言い方に、思わず眉根《まゆね》を寄せて彼を見上げる。

「何よ……。ヒースはあたしに帰ってほしいんでしょ。まだ何か文句あるの？」

「文句はねえよ。ただ、おまえがすんなり帰る気になったのが意外なだけだ。もっとごねると思ってたからな」

ちょっと探るような目で見つめてきたが、気を取り直したように笑《え》みを浮《う》かべる。

「でもま、賢明《けんめい》な判断だよ。早く帰って母さんやじいちゃんを安心させてやれ。そしてシアランのことは……なるべく早く忘れろ」

いつになく優《やさ》しいようなヒースの声に、ミレーユは黙ったままうなずいた。

「暇《ひま》があったら、リゼランドまで慰めに行ってやるよ」

わしわしと頭をなでながらヒースが笑って顔をのぞきこんでくる。ミレーユはたじろいで口をとがらせた。

「別に、いらない……」

「こら。大人の親切は素直《すなお》に受けとっとけ」

どのへんが大人の親切なのだろうと思いながら彼を見上げたミレーユだったが、はっと思い出して身を乗り出した。

「そうだ！　キリルはどうなった？　捕《つか》まえたの？」

ヒースはふと笑うのをやめ、一瞬間を置いてから「いや」と答えた。がっかりしてミレーユはため息をついた。

「あたしね、キリルに嫌《きら》われてたみたいなんだけど、心当たりがないのよ。どうしてだか知らない？」

「仲良くやってたじゃねえか。毎日バイオリン習いに来てたろ。むしろあいつはおまえのこと好きだったんじゃねえの？」

「ううん。会いたくなかったって、怖い顔して言ってたもの。俺を裏切った、とか」

ヒースは訝《いぶか》しげに、ふうん、とつぶやいた。

「ガキの言うことはよくわかんねえな。——あ、あれだ。おまえがあいつに腐《くさ》れたパンを食わせたからとか？」

「腐ってないわよ！　ちゃんと焼きたてを持っていってあげた……、はっ。——その時、キリル怒《おこ》ってた？　あたし、悪気はなかったんだけど、どうやらとんでもないものを作ってたみたいで」

「いや……？　喜んでたよなぁ。腹は壊《こわ》してたけど。つうか、あれは知り合って間もない頃だったな。その後も仲良くしてたろ」

「うん……。別れる時も手紙をくれたし、また会いにくるって言ってたし……」

いくら考えても理由がわからない。リヒャルトの無実の罪《つみ》を晴らす証人だからというだけでなく、幼友達としても気になっていた人だ。せっかく奇跡《きせき》のような再会を果たしたというのに、また会えなくなってしまうのだろうか。

だが今は、そのことをうじうじ考えるよりも先にやることがあった。

「——お願いがあるの。シャロンに連絡《れんらく》をとってくれない？　あたしの友達なんだけど」

神殿を出たシャルロットたちの劇団は、まだ離宮にとどまっているはずだ。寝込《ねこ》んでいたせいであれきり彼女には会えていなかった。

「……何を企《たくら》んでる？」

「べ、別に、何も？」

慌《あわ》てて目をそらすと、眉《まゆ》をひそめていたヒースは少し間をおいてから続けた。

「おまえ知ってるか？　シアランの十三番目の守り神の話」

「え？　ううん、知らない」

なぜそんな話をするのかと不思議に思いながら頭を振ると、ヒースは声を低めて続けた。

「死神だ」

「死神……!?」

「嘘をつくやつの首を鎌《かま》で刎《は》ねちまうんだ。黒いマントを長ーく引きずってて……窓から入ってくるんだよ。こう、ずるずる……ってな。シアランにいる間は嘘をつかないほうがいいぞ」

にやり、と不気味な笑みをたたえるのを見て、ミレーユは顔を引きつらせた。

「そんな怖《こわ》い話して脅かそうったって無駄《むだ》よ！　何も悪いこととか考えてないんだからっ！」

「涙目《なみだめ》じゃねえかよ」

ヒースは笑ってミレーユの頭を軽くたたいた。

アルテマリスに帰る方法を考えてやるという彼に、自分でやるからと辞退してミレーユは部屋に戻ることにした。出てきてから大分時間が経《た》っているはずだ。あまり長くなるとリヒャルトに不審《ふしん》に思われるかもしれない。

部屋まで戻ってくると、ロジオンが扉《とびら》の前に立っていた。出ていく時も特に言葉をかわさなかったし、少し話しづらい雰囲気《ふんいき》もあったのだが、今はそれを気にしてはいられなかった。さきほど聞いたリヒャルトの許嫁のこと、訊《き》けば彼は答えてくれるだろうか。

「ねえ、ロジオン……」

ロジオンは無言でこちらに目線を寄越《よこ》しかけたが、ふと扉のほうを振り返った。

突然《とつぜん》部屋の扉が開いて、リヒャルトが慌てたように出てきた。そこにミレーユがいるのを見て、ほっとした顔になる。

「ああ、よかった。ついうたた寝してしまって……。遅《おそ》いようだから迎《むか》えに行こうかと思っていたところでした」

「う、うん……」

ミレーユは動揺《どうよう》して目を泳がせた。ロジオンの兄に言われたことや、許嫁だという令嬢《れいじょう》の名前が頭の中をぐるぐると回り、思わず踵《きびす》を返した。

「あたし、散歩してくる！」

「ちょっ……、雪が降ってますよ！」

驚《おどろ》いたような声が追いかけてきたが、構わず駆《か》け出す。だがいくらも行かないうちに後ろから腕《うで》をつかまれた。

「散歩がしたいならつきあいますから、一人で行かないでください」

すぐに追いついてきたリヒャルトから、ミレーユは落ち着きなく目をそらした。助けを求めるように廊下《ろうか》の向こうにいる人影《ひとかげ》を見やる。

「いい、ロジオンについてきてもらうから」

リヒャルトは一瞬目を見開いたが、少しむっとしたように眉をひそめてうながした。

「いや、俺が行きます。さあ、行きましょう」

急に不機嫌《ふきげん》かつ強気な態度になった彼に手を引かれて、今度は逃《に》げられないと悟《さと》ったミレーユは観念してついていくことにした。

外は一面に雪が積もっていた。青白く浮かび上がっている庭に人影はなく、静かに粉雪が舞《ま》っている。

なりゆきで本当に散歩することになってしまい、ミレーユは緊張《きんちょう》しながら歩いていた。

「寒くないですか？」

「ううん、平気よ」

心配そうに訊かれたが、つないでいる手のことが気になって寒さどころではない。せめて二人きりでなくロジオンもいてくれたら、こんなに硬《かた》くなることもないのだろうが——。

「ロジオンのことが気になりますか？」

まるで見透《みす》かしたように訊かれて、ミレーユはどきっとしてうなずいた。

「あ……、うん。さっきから目を合わせてくれないような気がして……。殴ったから怒ってるのかなと思って」

「殴ったんですか」

「うん……。しかもグーで」

「それは……効いたでしょうね」

リヒャルトは苦笑《くしょう》して館《やかた》のほうを軽く見やった。

「火事の時、あなたを一人で行かせたことに責任を感じてるんですよ。ロジオンの役目はあなたの護衛なのに、それを果たせなかったから」

「そんな……、ついて来ないでって、あたしが頼《たの》んだのに」

「でも、それがロジオンの仕事だから。あの時は他《ほか》に策はなかったんでしょうが……。難を言うなら、最初の時点であなたを連れて行くべきじゃなかった。本人もそれがわかってるから落ち込んでるんですよ」

「……」

あの時は、自分とロジオンしか動ける者がいなかった。だからエルミアーナを助けに行ったことも剣《けん》を取りに行ったことも、後悔《こうかい》はしていない。だがそのことでロジオンを、彼の任務との板挟《いたばさ》みにした挙げ句落ち込ませてしまったことは、申し訳なく思った。

「あたし、謝ってくる……！」

「いや、謝ると余計に落ち込むから。今はそっとしておいてやってください」

踵を返しかけたミレーユを引き留めたリヒャルトは、少し間をおいて話を続けた。

「それより。ロジオンに求婚《きゅうこん》されたって本当ですか？」

急に話が変わってミレーユはきょとんとした。リヒャルトのどこか面白《おもしろ》くなさそうな顔を見て、はっと思い出す。

「ああ……！　そういえばそんなこともあったっけ。でも、あれって結局なんだったのかしら。詳《くわ》しく聞く前に流れちゃったのよね」

「そのまま流していいです。その件はただの誤解ですから」

「そうなの？」

そのわりに何やら熱く語っていたようだったが……と思っていると、リヒャルトがため息まじりにつぶやいた。

「ロジオンは最近、俺よりもあなたの言うことをよく聞いてる気がするんですよね……」

「へ……？　そう？」

「あなたが第五師団にいることも最初は黙《だま》っていたし、神殿《しんでん》に行くことも報告しなかったし。それにあなたも、俺よりロジオンを頼《たよ》りにしているようだし……」

不満げに言われて、ミレーユは目を見開いた。

「そんなつもりじゃなかったけど……。でも、しょうがないじゃない。あなたを頼りたくても、近くにいなかったんだから――」

それに何より、頼ってはいけないような気がしていた。もっと大きなものを相手にしている人を煩《わずら》わせたくなかったし、むしろ自分が支えてあげたいと思っていたから。

「そうですね。でもこれからは俺を頼って。なんでも話してください。もう二度とあなたに嘘《うそ》はつきませんから」

あらたまったように言われ、ミレーユは躊躇《ためら》いがちにうなずいた。

「……じゃあ、訊くけど。ウォルター伯爵《はくしゃく》って、本当は味方なの？　それともやっぱり敵？」

気になるのはやはりそれだった。いくら伯爵がリヒャルトのためを思って行動していたとしても、当のリヒャルトの認識を確かめておく必要がある。

「それは……正直、判断がつかないんです。ずっと俺を憎《にく》んでいると思っていたけど……今は彼の本心がつかめない。大公を失脚《しっきゃく》させようとしているのは間違《まちが》いないんですが」

考え込むように言いよどむ横顔をうかがいながら、ミレーユは訊《たず》ねた。

「それって……、フレッドと組んで、結婚《けっこん》した後に大公が花嫁《はなよめ》を殺したってことにして捕まえる作戦のこと？」

リヒャルトは驚いた顔で視線を戻《もど》した。少し目つきが厳しくなる。

「どうしてそれを？」

「……聞いたのよ、伯爵に。この前、神殿で……」

咄嗟《とっさ》に嘘をついてごまかした。リヒャルトの反応からして、伯爵の使者が言っていたのは本当のことのようだ。それがわかって、焦《あせ》りで変な汗《あせ》が浮いてきた。

（そういう作戦が本当にあるってことは、あたしのことが必要だってことよね。つまり、断れば大公にばらすとか言ってたのも、まんざら脅《おど》しじゃないってことよね……）

「伯爵があなたに？　本当ですか？」

鋭《するど》い調子で訊かれて、思わず目をそらす。このまま問い詰《つ》められて余計なことまでしゃべってしまうのは避《さ》けねばならない。顔に出ないように気をつけながら話を続ける。

「本当よ。もしあなたが知らなかったらいけないと思って、確かめてみようと思ったの。ねえ、それより、フレッドってちゃんと無事でいるのよね？　何か聞いてる？」

伯爵の言ったように大公に正体がばれているとしたら、きっとただでは済まないだろう。それだけが心配だった。場合によってはフレッドの身の安全も条件につけて、伯爵と話をつけなければならない。

「定期的に連絡を取り合っていますが、元気そうにしていますよ。今はウォルター伯爵についていろいろ調べているみたいですね」

「……そう」

ということは、現時点ではまだ無事でいるということだろうか。だがおそらく伯爵に裏切られたことは知らないはずだ。何か起こる前に知らせなければならない。

悩《なや》みながら考えていると、握《にぎ》られたままの手にふと力がこもった。見ると、リヒャルトが真《ま》面目《じめ》な顔で見つめている。

「何か隠《かく》してませんか？」

「え……どうして？」

「目が泳いでるし……、それになんだかちょっと、元気がないというか」

ぎくっとしてミレーユは肩《かた》を震《ふる》わせた。それを悟られまいと、急いで駆け出す。

「そんなことないわよ！　あたしは元気よ、いつも通りよ！　ほら、こんなに――」

「ミレーユ、前っ！」

リヒャルトの指摘《してき》に前を向いた瞬間《しゅんかん》、どしん、と何かに激突《げきとつ》する。尋常《じんじょう》でない衝撃《しょうげき》にミレーユは思わずその場に座りこんだ。間髪《かんはつ》を入れず上からドサドサと雪が落ちてきて、たちまち埋《う》もれてしまう。どうやら庭木に衝突《しょうとつ》してしまったらしかった。

「大丈夫《だいじょうぶ》ですか!?」

慌《あわ》てたような声が降《ふ》ってきて、雪の中から救出してくれる。まさかこんな事態になると思わず、ミレーユは雪まみれで咳《せ》き込んだ。

「やっぱり変だ。何を隠してるんですか。言いたいことがあるなら言ってください、ちゃんと答えますから」

「べ、別に、何も隠してないったら！　ただ、ちょっと……」

「ちょっと、何？」

詰め寄られ、ミレーユは口ごもる。許嫁《いいなずけ》のことや、ウォルター伯爵が言っていた初恋《はつこい》のことも気になっていた。本当の本当はサラのことが好きだったのではないか。ミレーユに優《やさ》しいのは彼女に似ているからなのか。一度は否定してくれたのに、なぜかいつまでもそれが気になる。

しばし悶々《もんもん》としたが、どうにも見逃《みのが》してくれなさそうな視線を感じて、訊きやすそうなほうを思い切って口にしてみた。

「リ……リヒャルトの初恋について教えて！」

唐突《とうとつ》すぎる質問に、リヒャルトが目を丸くする。的外れなことをした気がして、ミレーユは赤くなった。

「初恋ですか……。あらためて言われると、少し照れますね」

考え込むように目をそらして彼はつぶやく。「ちゃんと答える」と言った手前、困っているのだろうと思い、ミレーユは慌てて言った。

「わかったわ、あたしから話す。あなたにだけ訊くのはずるいわよね」

「……え？　いるんですか、初恋の相手」

「ええ、いるけど」

なぜそんなに驚《おどろ》くのかと思いつつ、ミレーユはとにかく思い出を披露《ひろう》することにした。

「初等学校の先生でね。いつもはすごく素《そ》っ気ないのに、あたしが同級の男の子たちと八対一で喧嘩《けんか》して勝った時、わざわざ家庭訪問に来てくれたの。お嬢《じょう》さんの将来が心配です、って。それで、この人だ！　と思って、結婚してくださいって申し込んだわけ」

信じがたいような顔つきで見つめながら聞いていたリヒャルトが、ぼそりとつぶやく。

「聞いてないな……そんな話」

「でも断られたのよ。子どもには興味ないから十年後にまた来い、って。あたしはその時に結婚してほしかったのに」

あの時のがっかり感と言ったらなかった。落ち込んでいるのを見て母は呆《あき》れていたが――。

「あなたに求婚された人が妬《ねた》ましいな。昔はそんなに積極的だったんですね……」

感慨《かんがい》深げに言われ、ミレーユは急いで手を振った。

「あ、違《ちが》う違う、そうじゃなくて。ママと結婚して欲しかったの。つまり、うちのお父さんになってくれって言ったのよ。まあ、先生も最初は勘違《かんちが》いしてたみたいだったけど」

「……それって、初恋って言うんですか？」

「言うわよ。いいでしょ、別にっ。初めて家族になってほしいって思った男の人なんだから」

友達同士の恋愛《れんあい》話に入っていけなかったため、意地でもひねり出した初恋話だったが、一応正当なものであるはずだ。

「じゃあ、次はあなたの番よ。あたしは赤裸々《せきらら》に話したんだから、あなたもそうしてよねっ」

「はあ……赤裸々に」

どきどきしながら要求すると、リヒャルトは思い返すように軽く空を仰《あお》いだ。

「そうだな……。最初はただ、友達の妹だから大切にしなきゃとそればかり思っていたんですよ。顔はそっくりなのに、なぜか似てるとは思わなくて、それが不思議で……。そういう意味ではとても気になっていました」

「ふうん……そうなの」

懐《なつ》かしそうな顔を見ていたら、胸がちくちく痛んだ。それを気取られぬよう、何気なく相槌《あいづち》を打つ。

「自分があまり感情の起伏《きふく》がない性質《たち》だから、よくそんなことで怒《おこ》ったり笑ったり泣いたりできるなと、すごく新鮮《しんせん》でした。気が強いように見えて繊細《せんさい》なところもあったりして、それにとても家族思いで。誰に対しても壁《かべ》を作らないし、素敵《すてき》な人だと思ってましたよ。たぶんあの頃《ころ》の自分は認めたくないだろうけど、無意識下ではわりと最初のほうから好きだったんじゃないかな……」

当時を思い出しているのか、とても優しい目で彼は言う。それがなんだか少し面白《おもしろ》くなくて、ミレーユはつい意地悪なことを言いたくなってしまった。

(なによ。姉みたいな人だったって、言ってたのに……)

「なんか、相手の人にベタ惚《ぼ》れだったみたいに聞こえるけど」

嫌味《いやみ》な言い方をしてしまったが、彼は照れたように微笑《ほほえ》んでうなずいた。

「今思えばそうだったんでしょう。好きにならないつもりだったんですが……。ああいう任務はやったことがなかったから、どうなることかと思ってたんですけどね。男に扮《ふん》して王宮に来るというだけでも大変なのに、皆《みな》が面白がってちょっかいをかけてくるものだから、余計に事態が混乱して……参りましたよ」

「……。……?」

「それに本人も、夜中に厨房《ちゅうぼう》で暴れるし、盗賊《とうぞく》を追って夜の街に繰《く》り出すし、裸足《はだし》で王宮の廊《ろう》下《か》を走ったりするし……。元気が良すぎて、たまに対応できなかったりしましたよ。かと思えばきわどい台詞《せりふ》をさらっと急に言ったりするし、一緒《いっしょ》にいると飽《あ》きないけど心臓に悪いというか——」

「ちょ、ちょっと待って」

ミレーユは慌てて遮《さえぎ》った。

「なんか、思ってたのと違う……。サラさんってそういう人だったの?」

印象が違うどころか別人だ。というより、これではまるで——。

きょとんとした顔で見つめてきたリヒャルトは、おかしそうに笑い出した。

「サラじゃない。俺の初恋はあなたです」

「……………え? いや、あなた、初恋の意味わかってるの」

「少なくともあなたよりは、わかってると思いますよ」

微笑んでうなずく彼をまじまじと見つめたミレーユは、やがてパッと身を翻《ひるがえ》した。

「——帰るっ!」

しかしすかさず腕《うで》をつかまれる。

「帰さない」

すぐ後ろで声がして、それまでと違う声音《こわね》に顔が熱くなった。

「で、でも……、……あ……、足が冷たいから……っ」

なんとか逃《に》げ出す口実を考えて声を絞《しぼ》り出した。布製の部屋履《ば》きのままで出てきたため、雪に埋もれて湿《しめ》ってしまったのは本当のことだ。

リヒャルトもそれに気づいたのか、息をついて腕を放《はな》した。

「あなたがあんまり元気だから、病《や》み上がりということを忘れてましたよ。今度雪遊びに誘《さそ》われても、もう寝台《しんだい》から出しませんからね」

「うん、わかっ……ひゃあ！」

いきなり抱《だ》き上げられて、ミレーユは仰天《ぎょうてん》した。

「うわわ……っ、だ、だだだ大丈夫、自分で行くからっ」

「でも、足が冷たいんでしょう？」

何食わぬ顔で歩き出そうとするので、慌てて手足をばたつかせる。この状況《じょうきょう》から抜《ぬ》け出すにはどうしたらいいかと考えた末、声を張り上げた。

「じゃなくて、おんぶがいいのっ！」

思わぬ返しだったのかリヒャルトは黙《だま》り込んだ。が、やがて噴《ふ》き出すと、ミレーユを下ろしてその場に腰《こし》を落とした。

「はい、どうぞ。——背中が濡《ぬ》れてないかな。雪を払《はら》ってから乗ってください」

「……うん」

動揺《どうよう》を見抜かれているらしいことに赤くなりながらも、今さら後に引けず、首に腕を回す。至近距離《きょり》で顔を見るような体勢よりは、こっちの体勢のほうが大分ましだ。

広い背中に抱きつくと、リヒャルトは軽々と立ち上がった。

「おぶわれるのが好きなんですか？　前もこんなことがありましたよね」

「別に……そんなことないけど」

笑い含《ふく》みに訊《き》かれて、ぶつぶつと答える。しかし我ながらあまり説得力のない答えだった。

リヒャルトが歩を進めるたび、雪を踏《ふ》みしめる音が聞こえる。火事の夜、途中《とちゅう》で気を失った自分を運んでくれたのは彼だという。あの時もこうやって運んでくれたのだろうか。

思わずぎゅっとしがみつくと、リヒャルトが横顔を向けた。

「寒いですか？」

「うん……」

もう何度も、この背中に守ってもらった。でもこの背中は自分だけのものではない。彼はもう自分の護衛役ではないのだ。

先程《さきほど》決めた気持ちを言わなければならない。それが自分にできるせめてものことだった。

(しょうがないわよね。好きな人を危ない目に遭《あ》わせるわけにはいかないんだから……)

そっとため息をついたが、たった今自分が思ったことに気づいて目をむく。

(……な!?　な、ななによ好きな人ってっ、何をさらっと考えちゃってるのよあたし！)

「何ですか？　急に暴れたりして」

動揺してぶんぶんと頭を振っているところに振り向かれ、ミレーユは真っ赤になった。

「きゃ――――――っっ!!」

「えっ？　どうし――」

「別に⁉　何でもないわよ⁉」

不自然なほどの大声で否定して、こちらを見ようとしていたリヒャルトの顔を強制的に前に向かせる。ミレーユの奇行《きこう》にはもう慣れてしまったのか、彼はそれ以上追及《ついきゅう》してはこなかった。

（なんか、普通《ふつう》にこんなこと思っちゃったけどっ。そりゃ前から好きは好きだったけど……）

これまでは、彼に対する好意が恋《こい》というものであるということをどうしても認められなかった。お芝居《しばい》を観《み》たり友達の話を聞いたりして憧《あこが》れだけは人一倍あったのに、どこかで自分とは別世界の話のように思っていたのかもしれない。

（そうよね……こんなところまで追いかけてきたんだもの。好きだからに決まってるか……）

彼の言動にどきどきするのは、彼が恰好良《かっこうよ》すぎるからだと真面目《まじめ》に思っていた。これまで周囲にいない感じの人だったし、あんなふうに甘い言葉を言われたり身体《からだ》を張って守ってもらったりすれば、自分だけでなく女の子なら誰でもときめくだろう、と。けれども今は、それらの要素にだけ惹《ひ》かれているのではないということは、さすがにわかっている。

（リヒャルトの言ってた『好き』も、あたしのと同じ意味だと思っていいのかな……）

「——どうしました？　今度は黙り込んで」

急にリヒャルトが振《ふ》り返ったので、ミレーユはまたしても赤くなって叫《さけ》んだ。

「のわああっ、ごめんなさい身の程知らずなこと考えて！」

「え？　何です？」

不思議そうにこちらを見る視線から逃げるように、背中に顔をうずめる。

「な……、……何でもない……」

どうしよう。顔が見られない。今でさえこうなのだから、さっきのように抱《かか》えられた姿勢のままだったら、恥《は》ずかしいのと動揺するのとでもっと大変なことになっていただろう。

火照《ほて》る頬《ほお》を冷たい肩《かた》で冷やしながら黙っていたミレーユだが、すぐ目の前にあるものを見てはっとした。彼の後頭部の、火にあたって縮《ちぢ》れた髪《かみ》。火事の時の光景やロジオンの兄のことが浮《う》かび、顔がこわばる。

「――リヒャルト、あたしね……。やっぱり、アルテマリスに帰る」

浮かれている場合じゃないと思い出し、あらたまって切り出すと、リヒャルトが足を止めた。

「今度のことで、どれだけ心配かけてたかわかったし……。ごめんなさい。もう、迷惑《めいわく》かけないから……」

彼に「帰れ」と言われた時、意地を張らずに帰ればよかったのだ。そうすれば、ラティシアという名のお姫《ひめ》様のことも知らずに済んだのに。

思い出して沈《しず》んでいると、黙っていたリヒャルトが静かに口を開いた。

「帰らないで。ここにいてください。俺のそばに」

「でも」

「あなたのことを迷惑だなんて思ったことは一度もない。本当です。……邪魔《じゃま》だとか嫌《きら》いだとか言ったのを気にしているのなら、それはもう謝るしかありません。本心からそう言ったんじゃなくて、その逆です」

「……」

真摯《しんし》な言葉を疑うわけもなかった。危ない目に遭っていれば助けに行くのは当然のことだと、燃える館《やかた》の中で言ってくれたことを思い出す。そうして、これまで何度も助けにきてくれた。

だが、彼は国の希望とまで言われている大切な人なのだ。そんな人を、これ以上自分のせいで危ない目に遭わせるわけにはいかない。

(守ってあげたいと思ってたけど……。傍《そば》にいて何かするだけが『守る』ってことじゃないんだわ。今あたしが傍にいると逆効果なんだ……)

彼が自分の窮地《きゅうち》を放っておけないと言うのなら、もう傍にいてはいけない。何か口実を見つけて、嘘《うそ》をついてでも離れなければ。それが自分にできる唯一《ゆいいつ》の、彼を守れる術《すべ》なのだ。

「……でも、やっぱり帰る。──またこの前みたいな火事とかあったら怖《こわ》いし……危ないところにいたくないから……」

思ってもいないことを口に出すと、胸がちくちくと痛むのがわかった。

相手のことを思えばこそ、離れなければならない。そんな選択肢《せんたくし》を自分が選ぶなんて、アルテマリスを出る時には思ってもみなかった。

(リヒャルトが出て行った時も、ひょっとしてこんな気持ちだったのかな……)

もしそうだったとしたら。追いかけて来た挙げ句、置き去りにしたことを非難したりした自分は、とても彼を苦しめてしまったのかもしれない。逆の立場になってみて初めてそれがわかった。きっと今、彼が引き留めてくれたら、つらい思いがするだろうから。

「……そうですね。あなたには随分《ずいぶん》怖い思いをさせてしまいましたね」

沈んだ声が返ってきた。真面目な人だからまた責任を感じているのだろう。

無意識にぎゅっとしがみつくと、少し間があって、前に回した手をそっと握《にぎ》られた。

手の甲《こう》に熱い吐息《といき》とやわらかいぬくもりが触《ふ》れる。優《やさ》しい口づけの感触《かんしょく》だけで、彼がどれほど大切に思ってくれているのかがわかった。

「本当に、もう、ここにいたくない？」

「……うん」

うなずくと、なぜだか涙《なみだ》が出そうになった。やはりおんぶにしておいて正解だったと思いながら、なんとかそれを我慢《がまん》する。

リヒャルトはしばらく何か考えるように黙っていたが、やがて「わかりました」と言って歩きだした。ミレーユは少しほっとして、元気が戻《もど》ってくるのを感じながら口を開いた。

「それでね、早速《さっそく》明日あたり、帰ろうかと思うんだけど」

「明日!?」

慌《あわ》てたように振り返る彼に、こくりとうなずく。

「こういうことは急いだほうがいいと思うの」

「いや、ちょっと待ってください。アルテマリスまでは遠いし、今の時期だと道中も危ない。シルフレイア姫に預かっていただくよう使者を送りますから」

「シルフレイアさまに？」

「あの城なら安心です。そこで待っていてください」

「でも……」

「言ったでしょう。帰さないって」

微笑《ほほえ》む彼の横顔を、ミレーユは躊躇《ためら》いがちに見つめた。内心嬉《うれ》しくて、今はそれ以上言い返すことができなかった。


おぶわれたまま帰ってきたミレーユを見ても、ロジオンは顔色一つ変えなかった。

「湯を持ってきてくれ。足が冷えてる」

リヒャルトの指示に、そういえばそんな口実だったと思い出してミレーユは慌てた。

「あ、大丈夫《だいじょうぶ》。靴下《くつした》を替《か》えれば治るわ」

「すぐにお持ちします」

ロジオンはいつも通りの生真面目な顔で答えると、踵《きびす》を返して行ってしまった。

部屋の中に入り、濡れた靴を脱《ぬ》いで靴下を履《は》き替えようとしたが、新しいものが見つからない。裸足《はだし》でもいいかと気にしないでいると、リヒャルトが毛布を引っ張ってきた。

「じゃあこれで代用しましょう」

寝台《しんだい》に座るミレーユの足先をそれでくるむと、そのまま傍の床《ゆか》に跪《ひざまず》いて、自分の膝《ひざ》に毛布ごと載《の》せる。

「これなら冷えないと思います」

「いやっ、それはさすがに申し訳ないわ。ほんとに大丈夫だから」

あたふたと離《はな》れようとしたが、リヒャルトは笑顔《えがお》でそれを制した。手をつかまれて、ミレーユはぴたりと固まった。

「あの……手を放して。ロジオンが戻ってくるかもしれないし」

「当分は戻りませんよ。そのつもりで席を外させたんだから」

「え……」

驚《おどろ》いて顔をあげる。そんなやりとりはなかったはずだ。てっきりお湯を持ってすぐ戻ってくるとばかり思っていた。だからリヒャルトと二人きりになるのも耐《た》えられると思ったのに。

落ち着かないでいるのが伝わったのか、リヒャルトが微笑んで見上げてくる。以前と同じ優しくて温かい笑みに、目が合ったミレーユはおずおずと口を開いた。

「……今日は、怒《おこ》ってないのね。近頃《ちかごろ》はずっと恐《こわ》い顔してたのに」

そうかな、とつぶやいてリヒャルトは自分の頬をなでた。

「別に、怒ってたわけじゃないんですよ。あなたのことが心配でたまらなかっただけです」

「……そうよね。ごめんね」

さすがに今は、それだけのことをやったという自覚はある。ただでさえ大変な環境《かんきょう》にいる彼に、余計な気苦労をかけてしまっていることも。

「――あなたも、まだ怒ってますか？」

「えっ？」

「この前の……歓迎式典《かんげいしきてん》の夜のこと」

　急に決まり悪そうな顔つきになったリヒャルトの顔を、ミレーユはきょとんとして見つめた。

だがすぐに何を言われているのか気づき、瞬《またた》く間に赤くなった。

「あ……当たり前でしょー！　酔《よ》っぱらってあんなことするなんて、最低の行いよ！　万死《ばんし》に値《あたい》するわよあれは」

「……それ、この前も言ってましたけど。なんのことです？　酔っぱらいって」

「だから、あの時お酒飲んでたんでしょ。酔い止めの薬の匂《にお》いがしたから。だから勢いであんなことしたんでしょっ」

「いや、酔ってませんよ」

　即答《そくとう》されて、ミレーユは訝《いぶか》しげに視線を戻した。

「確かにあの時は人と会っていた最中で、流れで酒も飲んだけど……。でもあなたの言うように薬を飲んでいたから、酒には酔ってません。あの薬を飲んでいれば酔うことはないから」

「……え。なんで酔ってないのにあんなことするの!?」

「なんでって……。だから、我慢できなかったから」

「な、我慢って何、何言ってるのっ」

「どうしたら許してくれますか？」

　真顔で訊《き》かれて、ミレーユは目を泳がせる。

「どうって……、まあ、二度とあんなことしないって誓《ちか》うなら、許してあげてもいいけど」

リヒャルトは一瞬《いっしゅん》考えたようだったが、すぐに答えは出たらしかった。

「それはちょっと、約束できない」

「なんでっ⁉」

「守れる自信がないから」

「なっ……！」

「他《ほか》のことでお願いします」

真剣《しんけん》な顔で要求され、うろたえるあまり言葉が続かない。腰《こし》が引けているのに気づいたのか、リヒャルトは苦笑《くしょう》した。

「今日はそんなことはしないから、安心してください。元気になったあなたを見てるだけで満足ですから」

「ほ……ほんと？」

「本当です。だからそんなに遠くに行かないで」

じりじりと遠ざかっていくのをなだめながら、リヒャルトは軽く手を引き寄せる。その言葉に少し安心して元の位置に戻ったミレーユを微笑んで見ていたが、ふと視線を落とした。

「……あなたがもう目を覚まさないんじゃないかと、怖かった」

ぽつりと言って、つないだ手を物憂《ものう》げな瞳《ひとみ》で見つめる。部屋の中が急に静けさを増し、ミレーユは自分の心臓の音が高くなるのを感じた。

「目を覚ましてくれたらまず何を言おうかと、いろいろ考えていました。謝りたいこともお礼を言うことも小言《こごと》も、たくさんあるけど……。それは全部後回しにします」

握った手を持ち上げると、彼はそっと顔を寄せた。目の前で自分の手首に彼の唇《くちびる》が触れるのを見て、ミレーユの頬《ほお》が熱くなった。

ややあって、軽く唇の離れる音が響《ひび》く。願い事をするようなひそやかな声で彼は続けた。

「……ミレーユ。俺のことを好きになって」

「え……」

「あなたは保護者みたいだと思っているかもしれないけど……。そうじゃないことを認めてください。俺はもう、友達とか護衛役とか、そういう目では見られたくない」

いつになく熱っぽい眼差《まなざ》しで見上げられ、その瞳に呑《の》まれるような気分になる。だが、どきどきしつつも戸惑《とまど》いを覚え、ミレーユは何とか口を開いた。

「でも……、そんなの、困るでしょ……？」

「困る？　何が？」

「だから……、国王さまと、約束してるんでしょ？　ロジオンのお兄さんに聞いたわ、さっき廊下《ろうか》でばったり会って……。あの……、……ラティシア姫のこともあるし」

ついにその名前を口に出してしまった。リヒャルトが驚いた顔をしたので、それ以上顔を見ている勇気が出ず、目をそらす。彼はどこか納得《なっとく》したようにため息をついた。

「そんなことまで話したんですか、ルドヴィックは。それが気になってたから様子がおかしかったんですね」

「ち、違《ちが》うわよっ。ただ、どんな人なのかなって、ちょっと思っただけよ」

彼がその名前の人物を認めたことに動揺《どうよう》しながら、ミレーユは言い張った。ロジオンの兄の作り話という線もあるのではと思っていたが、やはり本当のことらしい。

「そうですね、ちゃんと話しておくべきだった。完全に忘れていました。すみません」

「別に謝らなくていいわよ。全部聞いたからそれはわかったけど、ただちょっと、どんなお姫様なのかなって気になっただけなの」

目をそらしたまま早口にまくしたてると、リヒャルトは少し困ったような顔をした。

「会ったことがないから、どんな人なのか知らないんです。だから説明のしようがないというか」

「え……一度も？　じゃあ顔も知らないの？」

そんな人と結婚《けっこん》するなんてありえないと思いながら訊くと、彼はうなずいた。

「そういうのが常識だったから、おかしいと思わなかったんですよ」

「……」

「だから、困らないから、俺を好きになってくれますか？」

強引《ごういん》に話を戻され、ぎょっとする。そんな政略結婚を強《し》いられて、彼は少しおかしくなってしまったのだろうか。

「や、だから、それは困るでしょ？　あなたも他の人も」

「……全然誰も困らない。俺が喜ぶだけです」

訝しげに言ったリヒャルトは、はっとしたように身を乗り出した。

「ミレーユ、ひょっとして……ラティシア姫のことを黙《だま》っていたから、怒ってるんですか？　姫とはもう――」

「ううん、そうじゃなくてっ」

慌《あわ》てて首を振《ふ》るが、じっと見つめられて頬が熱くなる。ミレーユはもじもじと目をそらした。

「あの……。ちょっと気になるっていうか、確認したいことがあるんだけど……」

「ええ。なんです？」

「……この前、神殿《しんでん》で会った時から、なんとなく思ってたんだけどね……」

言いかけて、やはり思い直して下を向く。

「……やっぱりいい。たぶん、あたしの勘違《かんちが》いかも……」

「遠慮《えんりょ》しないで。なんでも訊いてください」

「けど……、もし違ってたら恥《は》ずかしいし……」

「大丈夫。何を言っても、俺しか聞いてませんから」

「……見当違いなこと言っても、笑わないでくれる？」

「笑いませんよ」

そう言いながらもすでに微笑んでいる彼に、ミレーユは散々躊躇《ためら》ってから、思い切って質問をぶつけた。

「リヒャルトは……、……もしかして、あたしのことが好きなの？」

おずおずと訊いてみると、リヒャルトは意表を衝《つ》かれたように目を見開いた。そのまま絶句してしまったので、ミレーユはさらに顔を赤らめた。

「あ……れ、やっぱり気のせいだった？　間違った？」

余計なことを訊くんじゃなかったと、消えてしまいたい心地《ここち》に陥《おちい》っていると、黙っていたリヒャルトがぽつりと口を開いた。

「……この前から、ずっとそう言ってるつもりなんですが」

「そ……、……そうなの？」

まじまじと見上げてきていた彼は、やがて噴《ふ》きだし、仕方ないなという顔で笑った。

「そうですよ。あなたが好きです」

「……………」

「もちろん、恋愛《れんあい》的な意味でですよ」

「……………」

「今すぐにでも結婚したいくらい」

「…………!?」

ミレーユは固まったまま、落ち着きなく目を泳がせた。

こんな時、恋愛の師匠《ししょう》には『相手が好みだろうがそうじゃなかろうが、とにかく後腐《あとくさ》れしないように落ち着いて答えるべし』と教わったものだが、とてもじゃないがそんな冷静な対応はできそうもない。

「あの――」

リヒャルトがまた口を開きかけるのを見て、咄嗟《とっさ》にぐるんっと身体《からだ》ごと彼に背を向けた。そのまま寝台《しんだい》の上で膝《ひざ》を抱《かか》えこみ、顔を俯《うつむ》けて縮こまる。頬に当たった服の布地のひんやりとした感触《かんしょく》に、自分の顔が今いかに真っ赤になっているのかが想像できた。

「ミレーユ？」

驚《おどろ》いたような声で呼ばれて、ますます顔が熱くなるのを感じながら、思わず目を瞑《つぶ》る。

「………かっ」

え？　と背後で問う彼に、怒《おこ》りたいような泣きたくなるようなよくわからない気持ちになりながら、ミレーユは声を振り絞《しぼ》った。

「からかわないでよっ……！　そんなこと、あるわけないじゃない」

少し沈黙《ちんもく》があって、不思議そうな声での質問が返ってきた。

「どうして？　全然からかってませんよ」

「だっ……て……、今まで、そんなこと言う人、一人もいなかったし」

本当はもっと威勢《いせい》よく答えるつもりが、つぶやくような声しか出てこなかった。

「一人も？」

問いかけに、無言でうなずく。そのことは彼もよく知っているはずだ。フレッドと同じ顔をしているのに、どうして自分のほうだけこんなにもてないのかと、彼の前でも散々騒《さわ》いでいたのだから。

ぎし、と寝台がきしむ音がして、気配が近くにきたのがわかった。ぎょっとして横目で見ると、リヒャルトが寝台の端《はし》に腰を下ろしている。

「じゃあ、こっちを向いて、よく見てください。あなたの目の前に一人いますから」

表情は見えないが、穏《おだ》やかな声からして微笑《ほほえ》んでいるようだ。それでもミレーユをますます落ち着かなくさせるだけだった。膝を抱えたまま、もぞもぞ動いて顔を見られないようにする。

「けど、今までは百人中九十九人から『おまえみたいに毎日喧嘩《けんか》ばっかりして、男を負かして喜んでるような女は誰も好きになってくれないぞ』って言われてきたのよ。近所のおじさんたちはもれなく『もっと胸を育てないともてない』って言ってたし。まあ、そのあとで全員うちのママにぶっ飛ばされてたけど……。だから、そんなこと言われても、しっくりこないっていうか、自分が言われてるように思えないっていうか……」

毎日のようにそんな評価を受けていたからか、それが当たり前の事実のような気がしてきて、いつの間にか自分でも受け入れていたのかもしれない。だから、彼らと違うことを言うリヒャルトを特別な人のように思っていたのだろうか。

「あなたはどうやら洗脳されやすい人みたいですね……。素直《すなお》すぎる。あなたの恋愛の師匠や近所の人たちが、少し恨《うら》めしく思えてきましたよ」

リヒャルトはため息をついて、それから思い出したように続けた。

「百人中の、例外の一人は誰なんです？　あなたの家を継《つ》いだロイという彼ですか？」

ミレーユは目を瞠《みは》り、思わず状況《じょうきょう》も忘れて、半ばむきになって答えた。

「まさか！　あいつは毎日のようにあたしを貶《けな》してたわよ。おまえが歩くと男はみんな逃《に》げ出すとか、もてなさすぎて哀《あわ》れだから相手になってやってもいいぜとか……。それだけならまだしも、おまえん家は父さんがいないから一生誰とも結婚できないとか言うのよ。あの時はさすがに三往復張り手と頭突《ずつ》きをくらわせて川に投げ飛ばしてやったけど、家に帰って泣いたわ。なんであそこまで言ってくるようなやつがうちのパン屋の跡継《あとつ》ぎなのよ。まったく……」

思い出すと腹が立ってきた。荒《すさ》んだ顔つきになるミレーユをまあまあとなだめ、リヒャルトはさりげなく話を戻《もど》す。

「じゃあ、誰なんです？」

「キリルよ。キリルだけは、喧嘩が強くて羨《うらや》ましい、恰好《かっこう》よくて好きだって言ってくれたわ。そんなに心配しなくても大人になればお嫁《よめ》に行けるって、真剣《しんけん》な顔でなぐさめてくれたし……。

……って、そうだ、神殿でキリルと会ったのよ！」

「キリル？　本当ですか？」

リヒャルトが目を見開く。やっと重要な出来事を思い出したミレーユは、意気込んでうなずき、身を乗り出した。

「ほんとよ。追いかけたんだけど逃げて行っちゃって、代わりにヒースに追ってもらったの。でもやっぱり見つからなかったって。聞いてない？」

「……聞いてないですね」

つぶやくように答えたリヒャルトは、ほんの少し難しい顔になって黙り込んだが、やがて気を取り直したように表情を戻した。

「キリルの言葉は受け入れて、俺の言葉を受け入れてくれないのは不公平だな。俺の言うことも信じてください」

ミレーユははっと我に返った。キリルの話が出てつい油断してしまったが、今は告白されている最中なのだった。そう思い出した途端《とたん》にあたふたとなる。

「な、なに、なんで急にそんなこと言うの？　動揺するじゃないの」

「好きだと言ってるんだから、少しは動揺してもらわないと困ります」

落ち着き払《はら》った声で答えるリヒャルトに、再び俯いて膝を抱えたミレーユはさらに動揺を重ねた。

「いや、けど……、リヒャルトは全っ然、動揺してないじゃない……」

「動揺はしてないけど、緊張《きんちょう》はしてますよ。好きな女性に愛を打ち明けているわけだから」

「あ……、あい……!?」

信じられないことを言われた気がして、ミレーユはあんぐりと口を開けた。思わずまじまじと凝視《ぎょうし》してしまい、彼もこちらを見つめていることに気づくと、一気に頭に血がのぼる。

咄嗟に寝台の向こう側に逃げようとしたが、しかしすかさず腕《うで》をつかまれ引き戻された。

「どうして逃げるんです？　変なことを言ってるつもりはないんですが……」

「言ってるわよっ！　なんで、今までそんなふうに言ったことないのに、急に……っ」

じたばたしていると、少し切なそうなため息が返ってきた。

「今さら冗談《じょうだん》でこんなことを言いませんよ。これからは正直になろうと決めたんです。あなたの寝顔《ねがお》を見ながら、痛切にね。だから気持ちを隠《かく》すのをやめただけです」

あまりにも真摯《しんし》な声で言われて、それ以上暴れることができなかった。腕をつかまれているから、膝を抱える体勢にも戻れない。どうしたらいいのかと途方《とほう》に暮れそうだった。

黙り込んだのを見て、リヒャルトが弱ったような顔で息をつく。

「そんなに泣きそうな顔をしないでください。なんだか、悪いことをしてるような気分になってくる……。俺といると、たまにすごく困った顔をしますよね。異様に狼狽《ろうばい》したり、逃げ出そうとしたり……」

途端、ミレーユはくわっと目を見開いて彼を見上げた。

「あなたが、恰好《かっこう》いいくせに変なことばっかり言うからでしょ!?」

「……なぜ怒られるのかわからない。どういうことです？」

それまでのしおらしげな態度を一転させたのを見て、リヒャルトは瞬《また》いている。ミレーユは、これまで彼に気を遣《つか》って黙っていたことを暴露《ばくろ》することにした。

「シェリーおばさんと、他《ほか》にもママの友達がみんな、口をそろえて言ってたのよ。顔が良くて甘い言葉ばっかり言う男は信用するなって。悪いやつだから、ついていったらひどい目に遭《あ》うって」

「――え」

「特にあたしは、騙《だま》されやすい性分だから人一倍気をつけてなきゃだめだって、子どもの頃《ころ》からずっと言われてきたわ。下町にはそんな男の人はいなかったから、現実感はなかったけど。確かに、下町じゃ近所の男の子たちもおじさんたちもあたしのことを散々に言ってたわけだし、そんなところにいきなり甘い言葉を言ってくるような男の人が現れたら、そりゃあやしいってものよね。それで、なるほど！　と思って、その教えをずっと信じてたの」

ところがフレッドの身代わりとしてアルテマリスに来てみると、見たこともないような爽《さわ》やか好青年がつきっきりで世話を焼いてくれるわ、信じられないくらい天然だわで、何度も面食《めんく》らわされたものだ。ちっとも悪い人に思えないのに、これはどう対処したらいいのかとたじろいだことなど数え切れない。お世話になっている人に対して、そんな教えがあるからと指摘《してき》するのはいけないことのような気がして言い出せなかったが――。

「だ、だからね……、あなたにどきどきするのは、悪いことだと思ってたのっ！」

リヒャルトは絶句してミレーユを見つめている。何か衝撃《しょうげき》を受けたような表情で呆然《ぼうぜん》と黙《だま》っていたが、やがてぽつりと口を開いた。

「俺はそんな危険人物だと思われてたんですか……」

「いやっ、そうじゃなくてね！　つまり――」

「そうか……だから全然通じなかったんですね……。言われてみれば、思い当たる節がありすぎる……」

「違《ちが》うのよ、あなたがいい人だっていうのはわかってるわ。だから余計混乱するんだってば」

「甘い言葉とか、そういうことを言ってるつもりは全然なかったんですが……。だからこういう話になると頑《かたく》なに認めようとしなかったんですね。納得《なっとく》がいきました」

取り繕《つくろ》おうとあたふたしていると、口元を覆《おお》って事実を噛《か》みしめているふうだったリヒャルトが、ため息をついて目をあげた。

「……確かに、悪い男には違いない。あなたを連れて行こうとしているわけだから」

気を取り直したように小さく笑い、つかんでいた腕を離《はな》す代わりに手をとる。

「アルテマリスに帰ると言ったのは、ご家族のところに帰りたいからですか？」

急に思わぬ質問をされ、ミレーユは瞬いて彼を見つめ返した。帰りたいというより何の疑問もなく帰るつもりでいたのだが、神殿《しんでん》でヒースにその矛盾《むじゅん》を指摘されて以来、自分でも気になっていたことだった。

「そういうわけじゃない……。今みたいに離れてても、みんなのことを好きなのは変わらないし。でも、会えなくなるのは寂《さび》しいと思う。出てくるとき、フレッドとおじいちゃんには会ったけどパパとママには会えなかったから。あれきり会えないのは、やっぱり寂しいわ」

「じゃあ、俺に会えなくなるのは？」

その問いは、思いのほか深く胸に突《つ》き刺《さ》さった。

「……うん。すごく寂しい」

あらためて考えなくても、彼の存在がどれだけ大きいものだったかということはもうわかっていた。笑顔《えがお》も見られない、声も聞けない、こうして手をつなぐこともなくなる。それがどういうことなのかは。

「俺も寂しいです。もうあなたと離れたくないし、離そうとも思わない。あなたのためという名目のもとであなたを傷つけるような真似《まね》は、二度としません」

リヒャルトは真面目《まじめ》な顔でミレーユの手を握《にぎ》り、続けた。

「あなたの気持ちの整理がついてないのに、こんなことを言うのは卑怯《ひきょう》だと承知の上で言いますが――、シアランに残ってくれませんか？」

「……」

「シアランで、ずっと俺と一緒《いっしょ》に暮らしてほしい」

ぼんやりと彼を見つめたまま聞いていたミレーユは、言われた言葉の意味を察して瞬いた。

(――え？　あれ？　これってつまり……。いや、でも……)

頬《ほお》が赤くなるのがわかったが、すぐにロジオンの兄――ルドヴィックの険しい表情が脳裏《のうり》に浮《う》かぶ。リヒャルトが言っていることと、ルドヴィックに言われたこと。双方《そうほう》がまるで真逆であることに戸惑《とまど》いを覚えたが、考えるうちにじわじわと事情がわかってきたような気がした。

(だからあの人、あたしに身を引いてくれって言ったのかも……。リヒャルトはシアランのために必要な人で、どうしても国王陛下の助けが必要で、そのためにはアルテマリスのお姫《ひめ》様と結婚《けっこん》しなきゃならない。リヒャルトはあたしを……す、好きって言ってくれたけど、それじゃシアランの人たちが困ることになるから、それで……)

そんなふうに国のための結婚を強《し》いられる彼のことを、可哀相《かわいそう》だと思っていた。けれども、彼の目標のためにはそれが一番の近道なのだということにも気づいていた。だとすれば、自分の存在は、彼を惑《まど》わしていると言えないだろうか。それならルドヴィックのあの態度も納得がいく。

（そうだ……。リヒャルトだって、自分の立場をわかってたから何も言わずに出て行ったのに、あたしが追いかけて行ったから……）

「──ミレーユ？」

訝《いぶか》しげに顔をのぞきこまれ、悶々《もんもん》と考え込んでいたミレーユははっと顔をあげた。

「あっ……えっと……」

騒《さわ》がしい心臓の音に気づかれまいと、焦《あせ》りながら頭の中を回転させる。今、自分が考えていたことを悟《さと》られたくない。話をそらしたいという思いと、確かめたいという思いとで迷った挙げ句、何とか口を開いた。

「アルテマリスにいた時は言わなかったのに、どうして今になって言う気になったの？　あたしがわがままだから、折れてくれたの？」

リヒャルトは軽く首を傾《かし》げてミレーユを見たが、やがて微笑《ほほえ》んで頭を振《ふ》った。

「本当は……あの時も連れて行きたかったですよ、とても。傍《そば》にいてほしかった」

「じゃあ、どうして……」

「たぶんあなたが思っているよりずっと、俺の周りの事情は暗くて複雑です。だから、そう思っていても実際には連れていくわけにいかなかった。泣かれても恨まれても、無事でいてくれるならそれでいいと思っていました。でも、それは独りよがりだったと気づいたんです。あなたのためを思ってやっていたつもりが、逆にあなたの気持ちを考えていなかったんだと——。現にあなたはこうしてシアランに来てしまったわけだから、俺が間違《まちが》っていたんでしょう」

「でも、あたしが勝手に来たのよ。みんな止めたし、あなただって心配して帰れって言ってたのに。……縁談《えんだん》を断ったのだって、あたしのためなんでしょ？」

自分がすべて悪いと思っているような彼に、たまらず訴《うった》えた。嫌《きら》いだとか邪魔《じゃま》だとか言ったしかけてきてしまった。考えが足りなかったのはこちらのほうなのに。

真意も今ならわかる。そうして深く考えてくれていたのに、ただ会いたいからというだけで押

「——アルテマリス側も、ジークはともかく、陛下はあなたを政略に利用するつもりでおられます。シアランへの人質《ひとじち》にしようとね。俺に対する厚意《こうい》でしょうが、あなたにとってはそうじゃない。あの話は最初から受けられるわけがなかったんです」

少しだけ、躊躇《ためら》うように彼は続けた。

「人質……」

「そう。でも俺が自力でシアランを取り戻《もど》せたら、あなたを政略に使うことは二度としないと陛下は約束してくださいました。あなたとシアランの両方を守るには、他に方法がなかった。だから急いで国に戻ったんです。何も言わずに出ていったことは、今思えば失策でしたが……。事情を話せば、あなたは優《やさ》しいから俺のために自分を殺してでも話を受けると思ったんです。そんなことさせられるわけがないでしょう。それに、そう命じたのが実の伯父君《おじぎみ》だと知ればき

っと傷つくと思ったから、言えなかった」

「……」

やはり縁談を断ったことで彼は窮地《きゅうち》に陥《おちい》っていたのだ。国王に後見してもらうにはアルテマリスと縁戚《えんせき》になるのは必須《ひっす》だというのに。ルドヴィックに言われた『あなたさえいなければ』という言葉がよみがえり、また気持ちがふさいだ。

「つまり、早い話が、開き直ったんですよ」

唐突《とうとつ》に話が飛躍《ひやく》し、それが最初の質問の答えと気づいて、ミレーユは首を傾げた。

「開き直る、って？」

リヒャルトはつないだ手に目を落とし、言葉を選ぶように続けた。

「今までは、吹《ふ》っ切ったつもりでいてもどこかで迷いがあった。守りたいとか苦しめたくないとか言いながら、自分のせいであなたが傷つくのが怖《こわ》かっただけなんです。……でも、あなたを本当に失うかと思って、やっと気づきました。あなたはもう既《すで》に傷ついてる。だからこれ以上傷つけないように、本当の意味で何ものからも守ろうといろいろと開き直ることにしたんです」

最後は穏《おだ》やかに笑って宣言した彼は、いつもの優しい瞳《ひとみ》でミレーユを見つめた。少しだけ今までと違って見えるのは、彼の言う『開き直り』のせいだろうか。

どんなに大切に思われているのかわかって、自分の行動の幼さがなんだか恥《は》ずかしくなる。

ミレーユはぼそぼそとつぶやいた。

「じゃあ、困ったでしょ？　シルフレイアさまのお城で会った時。押しかけてきたりして……」

思えばあの時、部屋で顔を合わせてもろくに話してもくれなかった。夜中になってようやく、居間で会ったのをきっかけに話ができたのだ。

「いや、困ってたのはそれが理由じゃなくて……、というか、もう一つあなたに謝らないといけないことを思い出しました」

それまで真面目な表情だった彼は、まずいことを思い出したといった顔つきになった。

「何のこと？」

「あなたはこの前の歓迎《かんげい》式典の夜のことが初めてだと思ってるでしょうが……、実はあれが最初じゃないんですよ」

「え……、あれより前に……したってこと？　覚えがないけど」

何の話なのかすぐにわかって赤面しながらも、どういうことかと戸惑っていると、リヒャルトは観念したように白状した。

「あの夜、同じ部屋に泊《と》まったでしょう。それで、あなたが寝《ね》てる時に……」

続きの居間で夜中に話をした時のことだ。朝まで話をしようとあれこれ頑張《がんば》ってみたものの、結局睡魔《すいま》に勝てずいつの間にか寝てしまっていた。居間の椅子《いす》に座っていたはずが、目覚めてみると寝室《しんしつ》にいたので、運んでくれたのだろうと思っていたが――。

「……って、つまり、寝込みを襲《おそ》ったってこと？」

「まあ、そうですね」

あっさりとうなずかれて、ミレーユは目をむいた。

「なっ……、そうですねじゃないでしょ！　なんでいつも襲うの!?　一回目も二回目も襲いっぱなしじゃない！　あたしがどれだけ夢を抱《いだ》いて楽しみにしてたと思ってるのよ！　この前みたいなのも最低だけど、意識してない時にされるのはもっと最悪なのよっ！」

「いや……、ごめんなさい」

「ごめんで済むわけないでしょー！　どうせやるんならもっと普通《ふつう》にやりなさいよね！　だいたいあなたは、あたしの夢を知ってたはずでしょ？　初めての時は好きな人とがいいって言ったの、聞いてたわよね？　知ってたくせになんであんなことするのよっ、まずちゃんと断りを入れてからやるのが筋ってもんじゃ……」

怒《いか》りにまかせて胸倉《むなぐら》をつかんで詰《つ》め寄っていたミレーユは、はたとそこで我に返った。

（あれ……？　あたし、何をこんなに怒ってるんだろ……）

自分でもよくわからなくなってきて、慌《あわ》てて手を離した。怒りの理由は正当なもののような気もするが、同時に理不尽《りふじん》な気もする。

三度膝《みたびひざ》を抱《かか》える体勢に入って考え込んでいると、ふいに手をとられた。体勢がくずれ、ミレーユは思わずリヒャルトのほうを見た。

「知ってましたよ。あなたの夢のことは」

「じゃあ、なんで……」

「俺が相手じゃ、嫌《いや》でしたか？」

その問いに、頬がかあっと熱くなった。

あの夜のことでは、彼に対して腹を立てたり散々悩《なや》んだりしたが、行為《こうい》そのものを嫌だと思ったことは一度もなかった。だからなのだろうか、怒っている自分に違和感《いわかん》を覚えたのは。

（リヒャルトは、たぶん、あたしの気持ちに気づいてない……。でも、今首を横に振ったら気づかれるかも……）

ルドヴィックに言われたこと。命を懸《か》けて燃える館《やかた》に助けにきてくれたリヒャルトのこと。彼と縁談が進んでいるという王族のお姫様のこと。そして、ウォルター伯爵《はくしゃく》の使者に言われたこと。――それらのことがぐるぐると頭の中を駆《か》けめぐる。

悟られてはいけない、というのが自分の出した結論だった。けれども口から出てきたのは正直な気持ちだった。

「嫌……じゃ、ない……」

消えそうな声でつぶやく。頬が痛いくらい熱くなった。

あの時点で自分は彼のことを好きになっていたのだろうか。それとも、もっとずっと前から、本当は好きだったのだろうか。『ルーヴェルンの女殺し』と呼ばれる理由が気になっていたのも、ルーディと一緒に寝ていたのを見て動揺《どうよう》したのも、寝言《ねごと》でサラの名を呼ばれた時に落ち着かなくなったのも、皆《みな》それから来る感情だったのかもしれない。

（なんで今になって気づいたんだろう……）

いっそのこと、気づかないままでいればよかった。そうすれば、大切な友人としていつまでも付き合っていけただろうに。本当のことを知るのが怖くて、言いたいこと聞きたいことが口に出せなくなってしまった。

「……本当に？」

どこか気遣うように問いが返ってくる。その声を聞いた瞬間《しゅんかん》、胸にこみあげるものを堪《こら》えきれなくなってしまった。

この人を死なせたくない。二度と会えなくなってもいいから、元気でいてほしい。そんな思いが涙《なみだ》と一緒にあふれだしてくる。

「ぜんぜん……嫌じゃ、なかった……けど……」

急に泣き出したのを見て、リヒャルトが驚いたように腰《こし》を浮かせた。

「あ……、ごめんなさい、俺が悪かったです、あんな乱暴な真似は二度としませんから……、そんなに泣かないでください」

困り果てた声で言われ、ミレーユは頭を振った。「違《ちが》う」と言いたいのに声にならない。それでも意図は伝わったようだった。

「じゃあ、どうして泣いてるんですか？」

「……リヒャルトが好きだから、一生元気で暮らして欲しいから……」

するりとそんなことを言ってしまったのは、無意識にというより、彼を心配する上で恋愛《れんあい》とか友情とかそういう枠《わく》で考えるのは意味がないことだとわかってしまったからだろう。

「元気で暮らしますよ。今の言葉を聞いて、ますます元気になりました」

「……ほんとに、元気でいてね」

「あなたが傍にいてくれたら、俺はいつでも元気ですよ」

なぐさめるように背中に手を回される。そのまま抱き寄せられたが、少しも嫌な感じがしなかったので抵抗《ていこう》しなかった。この心地《ここち》よさにもっと早く気づいていたらどうなっていただろう。さっきとは矛盾《むじゅん》したことを思ってしまう。

軽く頭をなでてくれていたリヒャルトが、ぽつりとつぶやいた。

「そんなことを言われたら、さっきの発言を取り消したくなりますね」

「……へ……」

「今日はしないって言ったこと。撤回《てっかい》してもいいですか？」

途端《とたん》、めそめそした気分は吹き飛んだ。瞬時に涙も止まり、ミレーユは慌てふためいた。

「えっ……!? いや、それはちょっと、困るっていうか……、だ、だめよ！」

「駄目《だめ》ってことは、嫌ではないってことですよね」

「な……、どういう解釈《かいしゃく》……っ」

「嫌なんですか？」

固まるミレーユに、内緒話《ないしょばなし》でもするように声を落として彼は続ける。

「嫌じゃないなら、目を瞑《つぶ》って」

「……っ」

そんな言い方はずるい。嫌だなんて思っていないのだから、そうするしかないというのに。

そう言って抗議《こうぎ》したかったが、動転するあまり声が出てこなかった。抱き寄せられ、彼の唇《くちびる》が額に触《ふ》れそうな距離《きょり》にいるのに、まともに思考できるはずもない。

そう思った時、彼は急に身体《からだ》を離《はな》した。なんだ冗談《じょうだん》だったのかと少しほっとしながらミレーユは顔をあげたが、返ってきたのは真剣《しんけん》な眼差《まなざ》しだった。

「──好きです」

それまでの穏やかな色と違《ちが》う口調に、目をそらせず、一瞬息も止まった。

「あなたのことが好きでたまらない」

繰《く》り返される言葉の帯びる熱に、つないだ手を握《にぎ》る力強さに、気持ちを見透《みす》かされたのかと一瞬錯覚《さっかく》する。縮こまったまま、小さくうなずくのが精一杯《せいいっぱい》だった。

「う……ん、わかった、から……」

「ずっと一緒《いっしょ》にいてください」

もともと近かった距離がさらに縮まってきて、息苦しいような気分になってくる。

何もできずに俯《うつむ》いていると、指でそっと瞼《まぶた》に触れられた。反射的に目を閉じてしまったあとで、彼にしてやられたことに気づく。

（あっ……、どうしよ……、このままじゃ……っ）

瞼に触れた指がそのまま頬《ほお》にすべる。その冷たい感触《かんしょく》と彼の吐息《といき》を間近に感じて、焦《あせ》っているのになんだか頭の中はぼんやりしてくる。

ルドヴィックの顔が脳裏《のうり》をよぎったのはその時だった。瞬間、ミレーユははっと目を開けた。

「……っちょっと待ってぇ――――っ!!」

自由なほうの手で咄嗟《とっさ》に引き寄せた枕《まくら》を自分と相手の間に割り込ませる。ぼふっとリヒャルトの顔に命中したのを見て、ミレーユは急いで彼との間に距離をとった。どっ、と顔に熱がのぼる。

「あ……あたしは今、この上なく混乱してるの。そういう時にそういうことするのって、ずるいと思うのよねっ」

「……ずるい？」

枕を顔に押しつけられたまま、向こう側からくぐもった声が返ってくる。あやうく流されそうになった恥ずかしさから、ミレーユはなんとか強気な自分を取り戻《もど》して主張した。

「だいたいあなたって、いつもこういう時、逃《に》げられないような状況《じょうきょう》にしてくるけど、それってどうなの？　この前だって暗がりで何も見えない時だったし、乙女《おとめ》劇団の公演の夜だって急にしようとしたし、シルフレイアさまのお城では寝てる時にやったって言うしっ。それって反則だと思うんだけど！」

「反則……」

つぶやいたリヒャルトがおもむろに枕をはずす。視線を遮《さえぎ》る障害物がなくなったので、ミレーユは目をそらしながら続けた。

「そうよ、反則よ。いつもは優《やさ》しくて紳士《しんし》的なのに、急にそんなふうになったらびっくりするじゃないの。こっちは全然心の準備ができてないんだから！　そういう不意打ちする男は遊び人だから慣れてるんだって、シェリーおばさんが言ってたわよ」

「まさか」

　驚いた顔で枕を横に置き、リヒャルトはあらたまったように向き直った。

「遊び人だなんてとんでもない。不意打ちだと言われれば確かにそうですが、それは慣れてるからじゃなくて、俺に堪《こら》え性《しょう》がなかっただけの話です。つい我慢《がまん》できなくなって……」

「真面目《まじめ》な顔して何言うのよっ！　我慢できないとか、そういうこと言わないでって何度言ったらわかるの」

　どれだけ恥ずかしがらせる気かと軽く腹が立ちはじめた時、ふと黙《だま》り込んだリヒャルトは何かに気づいたようにミレーユを見つめた。

「……ひょっとして、俺のことが嫌《きら》いですか？」

「……は？　な、何言ってんの、そんなわけないじゃない」

「じゃあ、好き？」

　うっ、と返事に詰まり、ミレーユは再び目をそらした。そんなにはっきり訊《き》くなんて、うっかりうなずいてしまったらどうするのだ。それにしても彼は開き直り具合が極端《きょくたん》すぎる。ボロを出す前にと、もごもごとごまかして無理やり話を変えることにした。

「だから、別に嫌いじゃないってば……。もういい、この話は終わりよっ。過去のことはいいわ。これからについて言っておきたいことがあるの。決意を述べるから、聞いてくれる？」

「決意?」

「ええ。——まず一つ。男の集団に潜入《せんにゅう》して寝泊《ねと》まりするのは、もうやめる!」

何事かという顔で聞いていたリヒャルトは、微笑《ほほえ》んでうなずいた。

「それはとても嬉《うれ》しいですね」

「二つ目。あなたのためだからとか言って、自分は強いって過信して男と戦うのも、やめる!」

「それも嬉しいです」

「最後! ……寂《さび》しいからってだけで、もうあなたを追いかけて行ったりしない」

それまで笑顔《えがお》で相槌《あいづち》を打っていたリヒャルトの顔から、笑みが消えた。

「そんな理由で追いかけて行くなんて、子どもみたいでしょ。いろいろ考えてみてわかったの。だから……」

自分は子どもだった。あまりにもたくさんのことが見えていなかった。それに気づいた今、以前と同じことはできなかった。

リヒャルトは口を開きかけたが、ふと何かに気づいたように扉《とびら》のほうを振《ふ》り返った。

「——どうした?」

ややあって、控《ひか》えめな声が返ってきた。

「お邪魔《じゃま》して申し訳ありません。ミシェル様にお客様がいらしております」

「客?」

「あっ、もしかしてシャロンかも。来てくれるように伝えてもらったから」

ミレーユは急いで寝台《しんだい》を抜《ぬ》け出し、扉を開けた。案の定、廊下《ろうか》にいたのはロジオンとシャルロットだ。

「ありがとう、来てくれて。……でもなんか、疲《つか》れてない？」

シャルロットはどこかやさぐれたような顔になって、遠い目をした。

「あなたのお友達が総出でもてなしてくださったから、気疲《きづか》れしてるだけよ」

「もてなし……？」

首をひねるミレーユをよそに、シャルロットは一緒に出てきたリヒャルトへと目を移すと、丁寧《ていねい》に礼をした。

「ご無沙汰《ぶさた》しております。その節はお世話になりました。またお目にかかれて嬉しいですわ」

「ええ……、お元気でしたか？」

「おかげさまで」

どちらもよそ行きの顔になって挨拶《あいさつ》を交《か》わしているのを見ていると、少し離れたところにもう一つ影《かげ》があるのに気づいた。わざとらしく咳払《せきばら》いをしているのはリヒャルトの部下らしい。

「宮殿《きゅうでん》から使者が来たそうで、若君に取り次ぎを願っております」

淡々《たんたん》と報告したロジオンは、どうやら押しかけてきた部下をそれまで阻《はば》んでいたらしい。リヒャルトがうなずくと、部下はほっとしたように廊下を去っていった。

「フレッドからの連絡《れんらく》でしょう。ウォルター伯爵《はくしゃく》のことで何かわかったのかもしれません」

真面目な顔で言ったリヒャルトに、ミレーユはどきっとした。

『協力しなければ、伯爵は殿下《でんか》のことを大公に進言することになる――』

伯爵の使者に言われた言葉がよみがえる。誰がそんなことをさせるかとひそかに拳《こぶし》を握って動揺《どうよう》を隠《かく》すと、リヒャルトを見上げた。

「ねえ、帰る前に、あれを見せてくれない？　あの鍵《かぎ》」

「鍵？　これですか？」

すぐに何のことかわかったようで、首からさげた紐《ひも》をたぐって服の下から鍵を取り出す。

差し出されたそれをミレーユはじっくりと観察した。形や色味、彫《ほ》りの文様など、目に付く限りの特徴《とくちょう》を頭に刻みつける。

「もう一つの鍵も、これとまったく同じものなのよね？」

「そうですよ」

「ふうん……」

存分に観察し終えると、ミレーユは礼を言って鍵を返した。あやしまれないように笑顔を向け、シャルロットを部屋の中に招き入れる。

「じゃああたし、シャロンと女同士の大事な話があるから。リヒャルトも仕事がんばってね」

「え？　ええ……」

リヒャルトは何か言いたそうだったが、背中を押して部屋の外に押し出すと、自分にも用事があったことを思い出したらしく、大人しく帰ることにしたようだった。

「じゃあ、ゆっくり休んでください。病《や》み上がりなんですから、無茶《むちゃ》はしないで」

「ええ、わかってるわ」

さっきまでの彼の言動は、とても病み上がりの人間を労《いたわ》るものではなかったような気がしたが、ミレーユは反論せずにうなずいた。


「――もてなされてたって、一体何があったの？」

二人きりになった部屋で、ミレーユは並んで寝台に腰掛《こしか》けたシャルロットをのぞきこんだ。

それまではリヒャルトとロジオンが一緒だったせいか慎《つつ》ましやかな笑みをたたえていた彼女だが、二人になった途端《とたん》、何やら大きなため息をついたのだ。

「ここに来てほしいってあなたの使いの人が言うものだから、何気なく来てみたのよ。そしたらどう？　あなたの同僚《どうりょう》だかなんだか知らないけれど、ミシェルの友達だからって異様に盛り上がってしまって……、別室に連れ込まれてひどい目に遭《あ》ったわ」

「ええっ！　何かされなかった!?」

「そうね……。まるで女神《めがみ》でも見るかのような目つきで見とれられて……、今度食事でもどうかって七、八人から誘《さそ》われたわ。そのへんから摘《つ》んできた雑草をくれた人もいたわね。ご本人は花を贈《おく》りたかったのでしょうけれど」

残念なことに今は真冬だ。野の花を摘んで女性に捧《ささ》げるという接近法には向かない季節である。それにしても、事も無げに話すシャルロットはそんな扱《あつか》いを受けることに慣れているらしいと感心していると、彼女はさばさばと話を切り替《か》えた。

「それで、話って何かしら? 守り神を置いてきてしまったから落ち着かないの。早く帰って思い切り殴《なぐ》りたいのよね。もてなされている間中も何かを殴りたくて仕方がなかったわ……」

眉《まゆ》をひそめて言いながら、ぶんぶんと腕《うで》を素《す》振りする。そういえばいつも持ち歩いている人形が見当たらない。代わりに部屋を破壊《はかい》されては困るので、ミレーユは慌《あわ》てて本題に入った。

「実はね……」

声を落とし、ひそひそと続ける。扉の外にはロジオンがいるから、聞こえないよう気をつけなければならないのだ。

と、いくらも話が進まないうち、扉がトントンと叩《たた》かれた。

「――ミレーユ。少しいいですか?」

聞こえたのは帰ったはずのリヒャルトの声だ。ミレーユは驚《おどろ》いて扉を振り返った。

「どうしたの?」

「さっき、言いそびれたことがあったから」

ミレーユは急いで扉の前まで行った。が、せっかく決心したのに今ここでまた顔を見たら揺《ゆ》らいでしまいそうな気がして、開けることはできなかった。

「あの、今ちょっと、開けられなくて……」

しどろもどろで言うと、着替《きが》え中だとでも思ったのか少し慌てたような声で返事がきた。

「ああ、じゃあ、このまま聞いてください。すぐに済みますから」

「う、うん」

わざわざ戻ってくるぐらいだから、よほど重要な用事なのだろう。少し緊張《きんちょう》して耳を澄《す》ませる。

「……あなたはさっき、俺のことを追いかけるのをやめると言いましたよね。子どもみたいだからと言っていたけど……本当は他《ほか》に理由があるんじゃないですか？」

鋭《するど》い指摘《してき》に、ぎくりとする。とっくに見抜《みぬ》かれていたらしい。

「これからのことで不安を覚えるのは仕方がないと思うから、あなたがそう決めたのなら、引き留める権利は俺にはありません。無理やり俺の人生に付き合わせるようなことはできないし……余計な苦労もさせたくないから」

「……」

「――と、今までなら思っていたでしょうが」

「へっ？」

神妙《しんみょう》な顔で聞いていたミレーユは、思いがけない付け足しに目を丸くした。それが伝わったのか扉の向こうで彼も少し笑ったような気がした。

「俺はもう、あなたのことを諦《あきら》めるつもりはありません。あなたがシアランまで追いかけてきてくれたように、今度は俺があなたを追いかけます。必ず会いに行きますから」

「……」

「だからその時まで……今夜俺が言ったことを忘れないでいてほしい。そして、その時にまたあらためて答えを聞かせてほしいんです」

ミレーユはそっと扉に掌《てのひら》を当てた。彼の顔が見たくてたまらなくなる。だが実際に顔を合わせて同じことを言われたら今度こそ隠し事を見破られるだろう自信があったので、やはり扉を開けなくて正解だったと思うことにした。

――うん、と答えた声は彼に届いたのかどうかわからなかった。「おやすみなさい」という声が続き気配が遠のきそうになったので、ミレーユは思わず口を開いた。

「待って。もう一つ、決意があったわ。四つ目」

「なんです？」

「……絶対に、あなたに手出しはさせない。あたしのすべてを懸《か》けてでも守る！」

ウォルター伯爵の顔を思い浮《う》かべてそう宣言すると、扉の向こうは少し沈黙《ちんもく》し、やがて笑ったようだった。

「頼《たの》もしいですね。そういうところが可愛《かわい》くてたまらないんですが」

「は……!?」

「それじゃ」

言うだけ言ったという風情《ふぜい》で、それきり向こうは静かになる。どうやら今度こそ帰って行ったようだった。

最後まで天然な発言をしていった彼に――もはやどれが天然でどれがそうでないのかミレーユにもわからなくなってきていたが――固まっていたが、はっと思い出して振《ふ》り返る。今この部屋にいるのは自分一人だけではなかったのだ。

寝台に腰掛けていたシャルロットは、赤面しているミレーユと目が合うとにっこり微笑《ほほえ》んだ。

「あたくしは何も聞いていないわよ？」

「いや、明らかに聞こえたでしょ、今の！」

「ええ、まあ。聞こえたわ」

あっさり意見を翻《ひるがえ》した彼女は、軽く首を傾《かし》げて訊《たず》ねた。

「あたくしに聞こえたということは、もちろんあなたも聞いていたのよね？　どうするの？」

試《ため》すような眼差《まなざ》しに一瞬《いっしゅん》怯《ひる》んだミレーユは、しかしすぐさま瞳《ひとみ》に強い光を浮かべて宣言した。

「……やるわよ。女に二言はないわ！」


——真夜中近く。密談を終えたミレーユとシャルロットは、そろって部屋の扉《とびら》を開けた。

すぐ傍《そば》にロジオンが立っている。現在離宮《りきゅう》は元王太子であるリヒャルトが押さえているとはいえ、万一のことがあってはと彼が不寝番《ふしんばん》をしてくれているのだ。

「ロジオン、お願いがあるんだけど……」

恐《おそ》る恐《おそ》る話しかけると、彼はいつも通りの淡々とした顔つきで向き直った。落ち込んでいるらしいと聞いたが、表情からはそんなふうには読み取れない。

「シャロンをね、送っていってあげてほしいの。こんな時間でしょ。一人だと危ないから」

心配げな表情を作ってそう言うミレーユの隣《となり》では、シャルロットが心細げに両手を胸に当てて俯《うつむ》いている。

「わかりました。相変わらず見事な猫《ねこ》かぶり――いや、女優ぶりだった。

す。少しお待ち下さい」

「わかりました。私はミシェル様のお部屋を離《はな》れるわけにまいりませんので、他の者を呼びます。少しお待ち下さい」

彼の声を久々にちゃんと聞いた気がしたが、以前と変わらず落ち着いた低い声だ。だがそれにほっとしている場合ではなかった。

「待って！　ロジオンに付き添《そ》ってもらいたいの。他の人だと、ちょっと……」

「何か不備がございましたか？」

ロジオンの眼光が鋭くなったので、ミレーユは慌てて頭を振った。

「そうじゃなくて、シャロンはその……人見知りだから。それにすっごく美人でしょ、他の人だとうっかり口説いたりしちゃうかもしれないわ。ロジオンならそんなことしないと思うし」

「ええ、そうしてくださるかしら？　あたくし、男性恐怖症《きょうふしょう》なのです。知らない殿方《とのがた》と夜道を歩くなんて、考えただけで目眩《めまい》がします。でも彼女の信頼《しんらい》するあなたならきっと大丈夫《だいじょうぶ》だわ」

瞳を潤《うる》ませてシャルロットが見上げる。彼女お得意の必殺の表情だ。その憐《あわ》れを誘う儚《はかな》げな表情に心を動かされたのかは微妙《びみょう》なところだったが、ロジオンはうなずいた。

「ミシェル様のご命令とあらば、お引き受けするほかありません」

「いや……命令じゃなくて、お願いだってば」

彼を頼《たよ》るのはただ純粋《じゅんすい》に頼り甲斐《がい》があるからなのだが、彼は『命令されている』と思っているらしい。それが少し寂《さび》しいような気もしたが、今はそのことに構っている時ではなかった。

「あたしなら大丈夫よ。ずっと部屋にこもってるし。もう寝《ね》るから、戻《もど》ってきても声はかけなくていいから」

「では代わりの者を置いていきます。この時世、どこで何が起こるかわかりませんので」

「大丈夫だってば、心配性ね……、わ、わかったわよ」

またもぎろりと鋭い視線を向けられて、しぶしぶうなずく。こういう時に逆らうと有無《うむ》を言わせず眼力で黙《だま》らせる彼は、間違《まちが》いなく極度の心配性だとミレーユは思った。

暗い廊下《ろうか》を二人が歩いていくのを見送りながら、これまでのことを思い返す。ごく短い間ではあったが、一番長く、一番身近にいてくれた人だ。背中を見ていたら急に感傷がこみあげてきて、思わず呼び止めた。

「あの、ロジオン。――ありがとう」

殴ったことを謝ろうかとも思ったが、これ以上落ち込ませてはと思い直し、結局は最初に浮かんだ気持ちを口にした。振り向いたロジオンは表情すら変えず何も言わずに黙っている。

「これからもリヒャルトを守ってね」

二番目に言いたかったことを言うと、彼は静かな瞳でうなずいた。

「――私の命に替えましても」

丁寧《ていねい》に頭を下げると、踵《きびす》を返して廊下の奥へと消えていく。それを見送りながら、やっぱり彼は同志だと、ミレーユはあらためて感じたのだった。


部屋にはかすかに甘い匂《にお》いが漂《ただよ》っていた。

テーブルに置かれた香炉《こうろ》からは、薄《うす》く煙《けむり》が立ち上っている。その傍《かたわ》らの揺り椅子《いす》に腰掛けた大公は、俯けていた顔をあげると小さく息をついた。

「イルゼオン離宮で反乱があったそうだ。最後の獲物《えもの》が帰ってきたらしい」

傍にいたウォルター伯爵《はくしゃく》は、ゆっくりと大公に視線を向けた。

「エセルバート殿下《でんか》のことですか。ですが、そんな噂《うわさ》は流れておりませんよ」

「箝口令《かんこうれい》を敷《し》いている。あれが戻ったと知れれば、宮廷《きゅうてい》にも離反《りはん》する者が出るだろうから」

「なるほど。では、私も今お聞きしたことは忘れることにいたします」

穏《おだ》やかな笑《え》みで軽く礼をした伯爵は、ふと視線を下ろした。おもむろに伸《の》びてきた大公の手が、自分の手をつかんでいると気づいたのだ。

拒否《きょひ》もせず、なされるままの伯爵に、大公は気だるげに訊ねた。

「とうに知っていたのではないか？　エセルバートが帰ってきていたのを」

「私が？　いいえ、まさか」

「……あなたの心だけは、いつになっても読めないね」

伯爵は微笑しただけで何も言わなかった。興味が失《う》せたように彼の手を放し、大公はいつもの無気力な瞳で続ける。

「本物のミレーユ姫《ひめ》は、いつ頃《ごろ》この宮殿に来てくれるのかな」

「もうまもなく来て下さると思います。待ち遠しくていらっしゃいますか」

テーブルに置かれた花瓶《かびん》には、茎《くき》だけになったものが生けてある。その周囲に散らばった白い花びら——かつて百合《ゆり》だったものを見つめ、大公はつぶやいた。

「それはそうだよ。こちらはいつ死ぬともわからぬ身だ。あまりのんびりされては困る」

無表情のまま百合の花びらをわしづかみにする大公に、伯爵は穏やかに確認する。

「その時には、大公殿下。例のお約束をお忘れなきようお願いいたします」

「わかっている……。婚礼《こんれい》が済めば、彼女はあなたに譲《ゆず》ろう。私はアルテマリスの娘《むすめ》なら誰でもいいから。好きにするがいい」

つかんだ花びらを無造作に床《ゆか》に投げ捨て、大公は椅子の背に沈《しず》み込んだ。

「ありがとうございます」

「しかし、なぜそんなにしてまであの娘が欲しいんだ？」

伯爵はどこか嬉《うれ》しげに、小首を傾げるようにして微笑んだ。

「妹に似ていると聞きましたのでね。——『人形』にして遊びたいのですよ」

第五章　交錯する嘘

「──皆《みな》には言っていかないのか？」

夜明け前の師団長室。いつもと同じく寝癖《ねぐせ》だらけの髪《かみ》のジャックは、話を聞き終えると穏やかに口を開いた。

貴族の略装に身を包んだミレーユは神妙な顔でうなずいた。最初にここへ来たとき着ていた、アンジェリカに借りた服だ。第五師団を離れるとなると騎士《きし》団の制服を着ていくわけにはいかない。

「挨拶《あいさつ》してから行こうと思ったんですけど、まだみんな寝てるし、うまく説明する自信がないので……。でも誰にも内緒《ないしょ》でいなくなったらまた心配かけそうだから、団長には言っておこうかなと思って……」

「私なら早起きだしな」

ジャックは笑って言葉を継《つ》ぐ。朗《ほが》らかなその表情は、少し名残惜《なごりお》しそうでもあった。

「結局、騎士団の入団試験は受け損《そこ》なったたな」

「あ……そうですね」

入団志願した日がつい昨日のことのように思い出される。どんな試験だろうと気合いで乗り切ってみせると意気込んでいたが、その日が訪《おとず》れることなく、こうして去ることになった。

「しかし、おまえの根性に免《めん》じて特別に推薦《すいせん》してやってもいいぞ。もちろんエセルバート殿下の騎士に」

背もたれに寄りかかり、軽く腕《うで》を組んでそう言った団長に、ミレーユは思わず瞬《また》いた。

（あたしがリヒャルトの騎士に……？）

今までは思いつきもしなかったが、それはとても素晴《すば》らしい案だと思えた。なんだか元気が出てきて、頰《ほお》を上気させて身を乗り出した。

「それ、いいですね！」

「おう。その時はまた部下にしてやるからな」

笑顔で応じたジャックは、ふと表情をあらためて続けた。

「イゼルスとも話していたんだが、おまえはもう少し周りに注意を向けたほうがいい。特に、潜入捜査《せんにゅうそうさ》をしているつもりならもっと慎重《しんちょう》になるべきだ。私たちは結局味方だったし、おまえを捕《つか》まえてどうこうしたりはしなかったが、本当の敵は間者に対して容赦《ようしゃ》しないぞ。今までは運が良かっただけでこれからはわからない。それを忘れるな」

「……はい」

「世の中、善人ばかりじゃないからな、悲しいことに。おまえのように真っ直《す》ぐで熱い若者にはまだわからんかもしれんが……」

難しい顔つきで目を瞑《つぶ》り、うむ、とうなる。それから気を取り直したように立ち上がり、右手を差し出した。

「おまえには男として友情を感じている。これからの健闘《けんとう》を祈《いの》るぞ」

ミレーユは目を丸くして彼を見つめ返した。

(まだ男だと思われてる……!?)

最後まで女だとばれなかったのが自分でも信じられない。自分が意外に演技派だったのか、それとも彼が特別に鈍《にぶ》いのか。どちらなのかはわからなかったが、ばれていないのならあえて言うこともないような気がして、黙っておくことにした。

「はい。お世話になりました」

握手《あくしゅ》した掌《てのひら》は、大きくて頼《たの》もしかった。彼が味方になってくれたのだから安心だと思い、ミレーユは笑顔で団長に別れを告げた。


寝台《しんだい》に横になって眠《ねむ》るのは、久しぶりのことだった。まとまった睡眠《すいみん》ではなく、午前に神殿《しんでん》の使者と会うまでの仮眠ではあったが、机に向かったまますうたた寝するしかなかったこれまでの忙《いそが》しさを思えば、段違《だんちが》いの安らぎである。

そんな安らぎを覚えるのは、目を覚ましたミレーユが思ったより元気そうで安心したというのが一番の理由だったかもしれない。

「──若君」

うとうとしている意識に、突然《とつぜん》聞き慣れた従者の声が割り込んだ。もう起きる時間かと、リヒャルトはぼんやりしながらつぶやく。

「……どうした」

「ミシェル様がいらっしゃいません」

意味がわからず、眉《まゆ》をしかめた。ただでさえ朝は弱いので、重要な件はもっとわかりやすく言ってほしいものだが──。

「お姿が見あたりません。出ていかれたようです」

「…………」

リヒャルトは飛び起きた。

まだ夢の続きを見ている状態の頭を強く振《ふ》って顔をあげると、硬《かた》い表情で立っていたロジオンが何かを差し出した。一通の封書《ふうしょ》と、青い布張りの小さな箱。蓋《ふた》を開けずとも何が入っているのかはすぐに予想がついた。母の形見の耳飾《みみかざ》りだ。

「申し訳ございません。お部屋の前には常に不寝番《ふしんばん》を置いていたのですが、どうやら夜のうちに窓から出られたようです。下の地面に踏《ふ》みしめた跡《あと》がありました」

「窓、って……。あそこは三階だぞ」

途方《とほう》に暮れたようにつぶやいて、急いで封を開ける。だが、最後まで目を通すより先に、リヒャルトは部屋を飛び出すことになった。

認めたくはないが、それはどう見ても別れの手紙だった。

アルテマリスに帰るラドフォード男爵《だんしゃく》の一行に同行させてもらい、急な話だが帰ることになった旨《むね》から始まり、今まで迷惑《めいわく》をかけたと詫《わ》びが続いている。そして、贈《おく》られた時はすごく嬉しかったが、『月の涙《なみだ》』はやっぱり受け取れないこと——。

「お……、殿下っ？」

途中《とちゅう》、ジャックらしき人物に呼び止められたが、構わずにリヒャルトは外へ走った。

南門の前に馬車の隊列が連なっている。今まさに、ゆっくりと進み始めたところだった。荷を積んだ幌《ほろ》馬車《ばしゃ》を何台も追い抜《ぬ》き、前方の大きな馬車を捜《さが》す。

車の中が仕切られ、座席が前後で分かれた特製の馬車がラドフォード男爵が使っているものだ。おそらくミレーユもそこに乗っているはずだった。

「待ってくれ！——止まれ！」

目当ての馬車まで追いつき、御者台《ぎょしゃだい》に手をかけて制止すると、座っていた男が目を丸くした。

「リヒャルト様？ なぜこんなところに」

顔見知りの男爵家の家人だ。頓狂《とんきょう》な声をあげて迎《むか》えた彼は、慌《あわ》てたように馬車を止めた。

「男爵は中に？」

「あ、ええと……」

返事を聞くより先に、馬車の窓から金髪《きんぱつ》の頭が見えているのに気づいた。リヒャルトは咄嗟《とっさ》に馬車の扉《とびら》に手をかけ、勢いよく開けた。

「ミレ――」

きゃっ、と中から悲鳴があがる。目を瞠《みは》ってこちらを見下ろす少女は、金髪ではあったが、ミレーユとは似ても似つかぬ別人だった。他《ほか》に乗っているのは初老の婦人と幼い男の子だけ。どちらも驚《おどろ》いた顔で固まっている。

「あの、旦那《だんな》さまなら、先に出発なさいましたよ。我々は後発隊です」

御者台から下りてきた家人がおずおずと言うのを、リヒャルトははっとして振り返った。

「連れがいなかったか？　金髪の……十六、七くらいの年頃《としごろ》の」

少年姿だったかどうかわからずぼかして訊《たず》ねたが、相手には伝わったようだった。

「ええ、ご一緒《いっしょ》でしたけど」

「いつごろ発《た》たれた？」

「まだ暗いうちでしたから……、六時半くらいだったでしょうか」

急いで懐中《かいちゅう》時計を開く。――八時過ぎ。急げば追いつけるはずだ。

自分の手で連れ戻《もど》したいという衝動《しょうどう》をなんとか堪《こら》える。今はもうこの場を自分が離《はな》れることは許されないことだ。

「ロジオン、小隊にラドフォード男爵の一行を追わせろ。国境手前で追いついたら、そのまま彼女だけ連れ戻せ」

いつの間にか背後に控《ひか》えていたロジオンは、真顔でうなずいた。

「越《こ》えておられた場合はいかがしますか」

「……ベルンハルト公のもとに送り届けて、俺が連絡《れんらく》するまで護衛についているように」

「御意《ぎょい》」

答えるなり、ロジオンは身を翻《ひるがえ》す。それを見送り、リヒャルトは門から続く雪の街道《かいどう》へと目を戻した。自らが動けないということがこんなに呪《のろ》わしく思えたのは、シアランへ戻ってから初めてかもしれなかった。

やがて、ロジオンと入れ違《ちが》いのようにジャックが走って追いついてきた。

「殿下《でんか》、ミシェルから伝言を預かっているのですが——」

開口一番そう言われて、リヒャルトは意外な思いで彼を見た。

「今朝方、私のところに挨拶に来まして。急な話だがアルテマリスに帰ることになったから、と。殿下はお休みのようなので手紙を残していくと言っておりましたが、心配されるかもしれないということで、念のため私に伝言をしていったようです。それから、もし殿下が後を追おうとなさるようなら止めてくれと」

「……」

(つまり……追ってくるなということか……?)

あれほどアルテマリスに帰ってほしいと繰《く》り返していたのは自分なのに、実際にその事態になるとこんなにも焦燥《しょうそう》で胸がかき乱される。それは手紙や伝言の内容に、拒絶《きょぜつ》を感じるからかもしれなかった。

「ミシェルは一体、何なのです？　ただの密偵《みってい》にしては、殿下と特に親しいようでしたが」

訝《いぶか》しげに訊ねるジャックに、リヒャルトは雪の街道を見たままつぶやくように答えた。

「俺の好きな人だ」

「……………え？」

去られる立場になって初めて、彼女をどれだけ傷つけていたのか胸に迫《せま》って実感する。手紙を残してくれた彼女と違い、自分は何も言わずに何度も置き去りにしてきたのだから。

奇妙《きみょう》な間とともに固まってしまったジャックに気づくこともなく、リヒャルトはただ立ちつくしていた。

朝、ヴィルフリートが目覚めると、傍《そば》付きの者が一枚の紙を持ってきた。

折りたたまれたそれを開いてみると、どうやら手紙のようである。簡単な地図が描《か》いてあり、『陽《ひ》が高くならないうちに見てくださいね』と一言添《そ》えてあった。差出人の名前は――。

(……ミレーユ？)

ヴィルフリートは驚いて瞬いた。部屋の扉に挟《はさ》んであったという、この地図付きの手紙。そして謎《なぞ》の添え書き。これは一体どういった趣旨《しゅし》の手紙なのだろう。

首をかしげて考え込んだヴィルフリートは、やがてある結論に辿《たど》り着いてはっとした。

(宝探しか……!? 粋《いき》な遊びに誘《さそ》ってくれるとは、さすがミレーユは貴婦人の鑑《かがみ》だな!)

理想を膨《ふく》らませるゆえに、相変わらずミレーユに対する認識が間違《まちが》っていたが、今は誰も指摘《てき》してやる者がいない。王子はわくわくしながら、寝間着《ねまき》にナイトキャップもかぶったままで部屋を出た。

地図の通りに廊下《ろうか》を抜けて、階下へ向かう。ここはリヒャルトが本拠《ほんきょ》を置いた館《やかた》で、彼の近衛や新たに配下となったシアラン騎士《きし》団の者らが廊下を行き交《か》っている。寝間着姿の『伯爵《はくしゃく》』が真面目《まじめ》な顔で地図を片手に歩いているのを見て彼らは驚いたようだったが、ヴィルフリートは構わず先に進んだ。

「ん? 外に出るのか……」

ぶつぶつとつぶやきながら館の外に出ると、そこは一面銀世界だった。さすがに寝間着のまだと冷気が身にしみたが、好奇心《こうきしん》がそれに勝《まさ》る。地図の矢印通り裏庭へ向かい、何気なく建物を回って庭を見やったヴィルフリートは、そこにあったものに気づいて足を止めた。

「——ちょっと、あんたそんな恰好《かっこう》で何してんの!? みんなびっくりして『伯爵は夢遊病の気がおありですか』って押しかけてきたじゃない。また風邪《かぜ》引いたらどうすんのよ。馬鹿《ばか》のくせに虚弱《きょじゃく》なんだから……て、ヴィル?」

目をつりあげて追いかけてきたルーディは、それまでその場に立ちつくしていた王子が頬《ほお》を上気させて駆《か》け出したのを見て、何事かと目を向けた。

雪の庭に立っていたのは、虎《とら》の着ぐるみ姿のヴィルフリートを模した雪像だった。よく本人と似ているが、心なしかどことなく本物より優《やさ》しげな表情をしていた。少し離れた隣《となり》にはルーディらしき雪像もある。こちらは顔立ちはともかく豊満な胸のあたりに力が入っているように見えた。

「これは……なんと見事な芸術品だ！　宝とはこれのことか？」

寒さで鼻の頭を赤くしながら感嘆《かんたん》した王子だったが、雪像の肩《かた》のところにカードが刺《さ》さっているのに気づいて手に取った。書かれた文字は、先程《さきほど》の手紙の差出人と同じ筆跡《ひっせき》だ。

『お誕生日おめでとうございます』

まず最初にそう書いてある。ヴィルフリートはようやく、これが自分への誕生祝いの贈り物なのだと理解した。

(僕のためにわざわざ作ってくれたのか……？)

誕生日だと打ち明けたのはつい昨夜のことだ。これだけのものを作るとしたら、少なく見積もっても夜中までかかっただろう。こんなに雪が積もった寒い日なのに――。

「何コレ。――ちょっと!?　あのまないた女、先にアルテマリスに帰るとか言ってるけど！　どういうこと？」

横からカードをのぞきこんだルーディが目をむいて叫《さけ》んだ。見ると、確かにそう書いてある。

これまで迷惑をかけたという詫びと、感謝の言葉。受けた恩は一生忘れないとまで熱く書かれてあった。

「まったく。それならそうと、一言言ってからにしろってのよね。わざわざついて来てやったわたしの苦労がわかってんのかしら。これだから女は嫌《きら》いなのよねー」

顔をしかめて文句をたれながらも、ルーディは言葉ほどは怒《おこ》っていないようだった。むしろお役御免《やくごめん》となって清々《せいせい》したといった様子だ。だが、ヴィルフリートは難しい顔になって考え込んだ。

（変だな。昨夜、彼女はシアランに残ると言っていたのに。何かあったのか？）

一緒にアルテマリスに帰ろうと言ったあの時、ミレーユははっきりと言ったのだ。シアランに残りたい、確かめたいことがある、自分にしかできないことだ、と。

あんな根暗で情けない男のためにどうしてそこまでするんだ？　とものすごく言ってやりたかったが——異変を知るなり神殿《しんでん》を飛び出して離宮《りきゅう》に取って返し、瞬《また》く間に第五師団を味方につけて敵を蹴散《けち》らし、燃える館に突入《とつにゅう》してミレーユを助け出した一部始終を聞かされては、何もできなかった自分はとてもじゃないがケチをつけることはできなかった。

ミレーユを想《おも》っているからこその行動だというのは伝わったから、彼が今さら彼女を拒絶するとは思えない。とすると、ミレーユがアルテマリスへ帰る理由が見当たらないが——。

「あんた、一緒に帰ろうって言ったんでしょ。それを断っておきながら自分一人だけ黙《だま》って帰っちゃうなんて、どういう神経してんのかしらねー。ほんと、だから女って——」

「いや、違《ちが》う」

ヴィルフリートはルーディの愚痴《ぐち》を遮《さえぎ》った。

「そんな不誠実なことをする人じゃない。たぶん、何か……」

帰国すると見せかけて、ひそかに何かをやるつもりではないだろうか？　そのために嘘《うそ》をついて出て行ったのではないか。——自分が彼女の立場だったら、きっとそうする。

この推理は当たっているような気がしたが、そう思ったら尚更《なおさら》口に出すのが憚《はばか》られて、ヴィルフリートは黙り込んだ。

「……ヴィル。あんたまさか、あのまないたのことを……」

ぎろっと王子はルーディをにらみつける。もっとも、ナイトキャップの飾《かざ》りがぴょこぴょこと頭の後ろで跳《は》ねているせいで、あまり迫力《はくりょく》はない。

「それより今は、もっと重要なことがあるだろう。一刻も早く画家をここへ呼べ！」

「……はあ？　呼んでどうすんの」

ヴィルフリートは、瞳《ひとみ》をきらめかせて自分の雪像を指さした。

「記念の肖像画《しょうぞうが》を描かせるに決まってるだろう！　早く呼ぶんだっ、陽が高くなったら溶《と》けてしまうじゃないか！　そうだ、僕もとっておきの衣装に着替《きが》えてこなければ！」

「あー……うるさいわね、馬鹿王子が……」

駆け戻るヴィルフリートを見送り、ルーディは欠伸《あくび》まじりにつぶやいた。

——十数分後、王子がとっておきの衣装であるところの白虎《びゃっこ》の着ぐるみで戻ってきたのは、言うまでもない。

見習い騎士ミシェルが退団して故郷へ帰ったという情報は、朝食の席で第五師団の面々に知らされた。エルミアーナ公女救出任務において怪我《けが》を負い、その療養《りょうよう》のためだという副長の説明に、食堂はざわめいた。

「アニキ――!! アニキがいなくなったら、オレは一体何を目標に男道を磨《みが》いていったらいいんですかぁぁ!」

一番大騒《おおさわ》ぎ――もとい嘆《なげ》いているのは、もちろんテオをはじめとした舎弟たちだった。朝食を途中《とちゅう》で放棄《ほうき》し、床《ゆか》に崩《くず》れ落ちて涙《なみだ》ながらに拳《こぶし》をたたきつける一番弟子を、用心棒たちが懸命《けんめい》になだめている。

「坊《ぼっ》ちゃん、しっかりなさってください! 離ればなれになっても、アニキさんがあっしらの兄貴分であることに変わりはありません!」

「そうっすよ。これでへこたれてちゃ、アニキさんに叱《しか》られますぜ! きっとアニキさんも、遠い空の下から坊ちゃんの成長を見守ってらっしゃるはずです」

「この苦難と哀《かな》しみを乗り越えて立派な男になることが、お星様になったアニキさんに対する恩返しってもんです!」

「ちっくしょお……オレを置いて星になっちまうなんて……っ、神様のバカヤロ――!!」

「いや、死んでないし……」

暑苦しく悲しむ彼らをアレックスは冷たい目で見ていたが、首をひねって視線を戻した。

「けど、本当に急な話だよなぁ。そんなに悪かったんですかね、怪我の具合」

見舞《みま》いに行きたかったのに、許可が出なかったのだ。生死の境をさまよっていると噂《うわさ》が流れて、心配していたのだが――。

珍《めずら》しく同じ食卓《しょくたく》についていたラウールは、いつも通りの不機嫌《ふきげん》な顔つきでスープをつついていたが、ふとつぶやいた。

「あいつは、おまえらが思ってるようなやつじゃないかもしれないぞ」

「え？　と言うと？」

「……間抜《まぬ》けのふりして、とんだ食わせ者だってことだ」

吐《は》き捨てるように言って、あとは黙々《もくもく》と食事に没頭《ぼっとう》してしまう。団長室に乗り込んでいったミシェルを追った彼は、その時に何か秘密に迫るようなことを知ったらしいが、いくら訊《たず》ねても詳《くわ》しいことは何も教えてくれなかった。さすが口の堅さには定評のある人だ。

黙り込んだラウールの代わりに、他《ほか》の騎士や立ち直ったミシェルの舎弟らが会話に加わってくる。

「確かに言われてみると、ただ者じゃないって気がしてきたな。王太子殿下《でんか》と知り合いだっていうし」

「例の火事の時だって、あの王子様がアニキさんをお姫様《ひめ》抱《だ》っこして帰ってきましたしね」

「あー、すげー必死な顔してたっけ……。ていうか昨夜はおんぶしてたよな」

雪の降る外で話し込んでいた二人を偶然目撃《ぐうぜんもくげき》した一団がいたのである。最終的に王太子がミシェルを背負うという形で館《やかた》の中に戻《もど》って行き、何とも言えない甘いような雰囲気《ふんいき》が漂《ただよ》っていることに戸惑《とまど》いを覚えたものの、直後に訪ねてきたミシェルの友人の美女を接待することに夢中になって肝心《かんじん》の二人のことを今まで忘れていたのだった。

「あのアルテマリスから来た、何とかっていう伯爵とも知り合いなんだろ?」

「なんか、白い虎に憧《あこが》れるあまり形から入ろうとしたとかいう? なんなんだ、あれ」

「わかんねえ……」

彼らは訝しげに顔を見合わせた。ひとまずアルテマリスの貴族は変わり者という印象が出来たことだけは間違いなかった。


ミシェルが去ったことを第五師団の面々が受け入れ、王太子の配下に入った彼らが新たな日々を踏《ふ》み出そうとしていた頃《ころ》。団長のジャックは朝から苦悩《くのう》していた。

師団長室にこもって何やら考えていたが、今度は王太子の執務《しつむ》室前を悩《なや》んだような顔つきでうろうろしながら「くっ……しかし」だの「いかん、いかんぞ!」だのと奇声《きせい》をあげている。

最初のうちは気にしていなかったイゼルスだが、さすがに目に付き始めたので、仕方なく声をかけてみた。

「団長。奇行はおやめ下さい。下の者に示しがつきません。あれほど念願だった王太子殿下と合流が叶《かな》ったというのに、何をそんなに難しい顔をなさっているのですか」

ジャックは顎《あご》に手を当てて黙っていたが、やがて大きなため息とともに口を開いた。

「イゼルス……。ここはやはり年長者として、殿下を軌道《きどう》修正してさしあげるべきだろうか」

「は？」

「まずいよな。お世継《よつ》ぎの問題もあるし……。男のほうが好きだなんて……」

「……？」

「おいたわしい。長きにわたる亡命生活において、恋愛《れんあい》事もままならずにご成長あそばされたのか……っ」

口元を押さえ、何やら悲しみに耐《た》えている様子の団長を、イゼルスは訝《いぶか》しげに見つめた。まったく要領を得ない。これ以上わけのわからない言動で時間を無駄《むだ》にされては困るので、さらに突《つ》っ込んでみると、ジャックは散々躊躇《ためら》ってから、深刻な顔をして打ち明けてきた。

「殿下な……、ミシェルのことがお好きらしいんだ」

イゼルスは眉《まゆ》をひそめた。どんな重大な悩みかと思ったら、そんなことだったとは——。

「……私にも、あの二人は恋仲《こいなか》に見えましたが」

「何!?」

「神殿で逢《あ》い引きしているのを見ました。あの時はよもやあの方が殿下とは思いもしませんでしたが……。夜、それから早朝、人目を忍《しの》んで二人きりで会い、手をつないで見つめ合ったり手の甲に口《こう》づけられて頬《ほお》を染めたり――」

「うわあああ!! 具体的に言うなあ!」

蒼白《そうはく》な顔でジャックは頭を抱《かか》える。咄嗟《とっさ》にはその事実が受け入れられないようで、恐《おそ》ろしい物でも見るような目でイゼルスを凝視《ぎょうし》していたが、やがてふっと息をついた。

「そうか。あの必死さは殿下のためだったのか。男同士のかなわぬ恋路《こいじ》と知りながら……。あいつ、健気《けなげ》だなぁ」

遠い目になってつぶやく団長のあまりの鈍《にぶ》さに耐えきれなくなり、イゼルスは一つため息をついた。他のところでは頭が回るのに、どうしてこの件になるとこうなのだろう。

「団長。私の勘《かん》ですが――というより、見るからにそうとしか思えないのですが、ミシェルは……」

「副長殿」

急に低い声が割り込んだ。振《ふ》り向くと、ロジオンがいつの間にか立っており、じっと見つめている。

「その件は内密にお願いします」

「……」

「なんだよ? 二人の秘密か?」

有無《うむ》を言わせぬ口調のロジオンと、口をつぐんだイゼルスを見比べ、ジャックは不審《ふしん》そうな顔になる。ロジオンはそれをぎろりと鋭《するど》く見てから、一礼した。

「――殿下がお会いになるそうです。どうぞ」

謁見《えっけん》の許可がおり、イゼルスとともに中へ入ったジャックは、父が合流することを報告した。

王太子はほっとした顔でそれを聞いた。

「そうか。将軍が来てくれるのは心強い。お元気でいらっしゃるかな」

「相変わらずですよ。元気が良すぎて、毎朝乾布摩擦《かんぷまさつ》も欠かしておりません。ハハハ……」

笑って答えたジャックだったが、ふと落ちた沈黙《ちんもく》に、耐えきれなくなってとうとう核心《かくしん》に迫《せま》ることにした。

「あの、殿下。その……、ミ、ミシェルのことは、残念でございましたな」

唐突《とうとつ》に話題が変わって王太子は軽く瞬《またた》いたが、そのまま何も言わずに考え込んでしまった。

ミシェルのことを思い出しているのかどうかはわからないが、物憂《ものう》げな眼差《まなざ》しになって小さくため息をつくのを見て、ジャックは慌《あわ》てて声を張り上げた。

「殿下！　しょ……、娼館《しょうかん》にでも行きますか？　お供いたしますぞ！」

王太子は怪訝《けげん》そうに眉をひそめた。

「娼館？　……何しに？」

「何って……、もちろん気晴らしにです！　ミシェルだけがすべてではありませんぞ、世の中は！」

必死で主張するのを見つめていた彼は、ああ、とつぶやいた。

「気を遣《つか》わせてすまない。でも今はそんな気分じゃないんだ」

「し、しかしですな」

窓の外に目をやり、彼は独り言のように言った。

「俺には、あの人がすべてなんだ……」

「…………!!」

思っていたより重症《じゅうしょう》な王太子を見て、ジャックは再び青ざめた。

部屋を辞して廊下《ろうか》に出るなり、彼は副長に血走った目を向けた。

「――今聞いたこと、誰にも言うなよ!?」

「……言えませんよ」

馬鹿馬鹿《ばかばか》しくて、と心の中でつぶやくイゼルスに、ジャックは取り乱しながら詰《つ》め寄った。

「なあ、あいつ何なの!? 公女殿下は骨抜《ほねぬ》きにするわ王太子殿下はめろめろにさせるわ……！

魔性《ましょう》の男ってやつか！　くっそぉぉ！　私にもその技を教えろよ！」

「団長、落ち着いてください」

こんなことで騒《さわ》げるようになったのも平和な証《あかし》だろうか。ため息をついてイゼルスは続けた。

「ロジオンの言う通り、ミシェルの件は伏《ふ》せておいたほうが無難ですね。シアラン人特有の思いこみの激しさだけかと思っていましたが、我が師団の者はあなたを含《ふく》めて女に対して免疫《めんえき》がなさすぎる。昨夜もミシェルの友人という娘《むすめ》に皆《みな》そろって骨抜きにされて……。まったく、どうしようもない……」

揃《そろ》いも揃ってうぶな部下たちを持った身としては、いつ騒動《そうどう》の種となるかわからないミシェルが隊を去ったことは安堵《あんど》すべきことだ。あの騒々しい少年——いや少女がいなくなった静けさに対する思いを、イゼルスはそんな言葉で締《し》めくくることにした。

第五師団の団長と副長が出ていくと、リヒャルトは再び書類に目を落とした。神殿《しんでん》の使者が持ってきたそれは、薬草園に関する資料だった。

父や母、その他の流行《はや》り病で死んだとされた一族の者たちが実は毒殺されたのではという疑いを持って以来、その証拠《しょうこ》をつかむため自分なりに調査をしてきた。様々な文献《ぶんけん》を見たが、その中に神経系に作用して人を操《あやつ》るという魔薬《まやく》があったことを思い出したのだ。それが過去現在にわたって栽培《さいばい》された記録がないのかを調べていた。

気になったのは、大公がかつて神殿の薬草園にいたと聞いたからだった。

大公は心を読む異能の者だという。それがにわかには信じられなかった。異能の力を持つ者の存在を否定するつもりはないが、なんだかしっくりとこないのだ。薬を使って人心を掌握《しょうあく》しているという説のほうがまだ個人的には信憑性《しんぴょうせい》を感じられる。

（だが、もしそうだとすればかなり手練《てだ》れの薬師だろう。他《ほか》にどんな切り札を持っているのか……）

じっと考え込みながら紙をめくる。そこにあった『睡眠《すいみん》作用』という文字を見て、ふとミレーユの顔が脳裏《のうり》に浮《う》かんだ。最初に彼女と会った時、問答無用で薬を使った自分を思い出して自己嫌悪《けんお》に見舞《みま》われる。

（薬で言うことを聞かせたという点では、俺も同じか……）

あの後、目を覚ましたミレーユに痛烈《つうれつ》な一撃《いちげき》を浴びせられた時、びっくりして声も出せなかった。薬を飲まされて攫《さら》われたという立場なのに、怯《おび》えるどころか、まさか力一杯反撃《ちからいっぱいはんげき》されるとは思わなかった。あんな立場に置かれることになった彼女にめいっぱい同情していたくせに、結局はジークやフレッドに反対しきれず、薬という手段をあっさり使ってしまった自分はどこかで傲《おご》っていたのだ。そう思い知らされた。

ミレーユと出会ったことで、気づかされたことがたくさんある。自分の事情に巻き込んで苦しめたくないという思いと、ずっと傍《そば》にいてくれたら幸せだろうにと思う自分とに揺《ゆ》れる一年だった。

「──ロジオン」

「は」

「……俺は、ふられたんだろうか」

あそこまではっきり言ったのに帰ってしまったということは、つまりはそういうことなのだろう。気持ちが伝わったという手応《てごた》えはあったから、拒《こば》まれた理由といえば『貴族生活に対する不安』しか思い当たらない。それとも『人質』と言ったから怖《こわ》くなってしまったのだろうか。

いや、もしやもうずっと前に愛想《あいそ》を尽《つ》かされていたのか。

（だからって、夜中に窓から出ていくほど嫌《いや》なのか……）

仕方のないこととはいえ憂鬱《ゆううつ》な気分になっていると、控《ひか》えていたロジオンが真顔で答えた。

「申し訳ございません。私には判断しかねます」

「……そうだな」

ラドフォード男爵《だんしゃく》の一行を追った配下の者が戻《もど》るまでは、思い悩んでいてもどうしようもない。どちらにしろもう諦《あきら》めるつもりもないのだ。

「彼女の護衛は大変だったろう。おまえもご苦労だったな」

「いえ。大変楽しく務めさせていただきました」

「あんなに振り回されてたのにか？」

「楽しかったです」

生真面目《きまじめ》な顔で言い張るロジオンに、リヒャルトは苦笑《くしょう》した。

「わかってるよ」

有能な近衛である彼が、彼女には裏をかかれっぱなしだ。ミレーユに去られてうろたえているのは彼も同じだろう。誰よりも自分たちのことを考えて動いてくれていたのだから。

「――若君」

扉《とびら》が開いてルドヴィックが入ってきた。彼は真っ直《す》ぐに歩いてくると、執務机に両手をついて身を乗り出した。

「これでもう憂慮《ゆうりょ》はなくなりました。すぐにアルテマリスの国王陛下に使者を送りましょう。ラティシア姫《ひめ》との縁談《えんだん》をお受けください。今なら陛下も許してくださいます」

「……ラティシア？」

「そうです。ラザラス公爵令嬢《こうしゃくれいじょう》。陛下がお決めになった、若君の許嫁《いいなずけ》です」

唐突な話に、リヒャルトは眉根《まゆね》を寄せて彼を見上げた。

「何を言ってる……？　ラティシア姫の名前は、今回の件では一度も挙がっていない。陛下がお示しになったのは最初から最後までミレーユ一人だ。言ったはずだぞ」

アルテマリスを出る許しを請《こ》いに行った時、当然代わりにラティシアとの結婚《けっこん》を命じられると覚悟《かくご》していた。だが、国王はあくまで『ミレーユ』の名しか出さなかった。

国王は肉親の情に厚い人だが、国を強固にするための手段は選ばない。三大公爵家のベルンハルト公とラザラス公、いずれ大公になるシアラン王太子の三つの重さを量った結果、アルテマリスが一番損をしない方法が採《と》られ、ミレーユが選ばれたのだ。

自分は立場的に優位にいるが、一度存在が知られたミレーユはそうはいかない。彼女を駒《こま》として扱《あつか》わないでくれと要求したリヒャルトに、国王は条件を出した。『春までに自力でシアランを取り戻せば、ミレーユを王家の娘として利用することは二度としない』というものだ。縁談を拒んだ自分を試《ため》している——そう気づきながらも、受けるしかなかった。

「あの方に大公妃は無理です。お血筋は確かに王家に連なる方ですが、素養はまるで下町娘ではありませんか。あの方さえおられなければ本来のようにラティシア様をお迎《むか》えできたというのに、あの方のことを陛下がお知りになったばかりに……。ラティシア様を人質のようにしてシアランへ出すのが惜《お》しくなられたに違《ちが》いありません。あちらは純粋《じゅんすい》な姫君ですし——」

「ルドヴィック」

リヒャルトは鋭く遮《さえぎ》った。またいつもの愚痴《ぐち》かと思っていたが、どうも風向きが違う。嫌な予感が胸にこみあげ、思わず立ち上がっていた。

「おまえ……ミレーユに何を話したんだ」

「若君は他の姫君と結婚されるので、国へお帰りくださいとお願いしました。若君のことは諦めて、身を引いてくださいと。わかりましたと仰《おつしや》っていただけました」

悪びれずに答えた従者の顔を、リヒャルトは呆然《ぼうぜん》として眺《なが》めた。ミレーユのことを気にくわないふうではあったが、まさかそこまでするほどだったとは。

「陛下との密約は明らかに無茶《むちゃ》な条件でした。陛下は若君が折れるのを待っておられるのです。ラティシア様とご結婚されて陛下に後見についていただけば、すべて丸く収まります」

「陛下はラザラス公を遠ざけたい思惑《おもわく》を持っておられる。だからラティシア姫との縁談はなくなったんだ。そんな状況《じょうきょう》で丸く収まるわけがないだろう」

反論しながら、昨夜のことを思い返す。そういう裏事情があったとわかった途端《とたん》、様々な違《い》和感《わかん》が蘇《よみがえ》ってきた。

「俺は、国を不利な天秤《てんびん》にかけてまで意地を張ることはしない。勝算があるから陛下の条件を受けたんだ。おまえは俺を信じてないのか」

「ではこのままミレーユ嬢《じょう》とご結婚なさるおつもりですか。あの方は若君にふさわしくありません」

「ふさわしいかどうか、それを決めるのはおまえじゃない！」

激しい調子で断じたリヒャルトに、ルドヴィックは怯《ひる》んだように口をつぐんだ。が、あくまでそれが大事だとばかりに繰《く》り返した。

「若君の御《おん》ためです。大公になられる御方が、そのように個人の感情に振《ふ》り回されるようでは――」

「俺のためだと言うなら、嘘《うそ》をついて状況を混乱させるのはやめろ」

険しい声で遮ると、身を翻《ひるがえ》す。

「ロジオン。おまえが行ってくれ。彼女が国境を越《こ》えていても連れて戻ってこい」

「若君！」

叫《さけ》ぶルドヴィックに構わず、ロジオンと一緒《いっしょ》に部屋を出る。物も言わずに廏《うまや》のほうへ駆《か》けて行く彼を見送り、リヒャルトは怒《いか》りを静めようと大きく息をついた。

ただ単に、かつて結婚相手の最有力候補だった姫の話を聞いただけなのだと思っていた。すでに立ち消えた話とはいえ、それでも存在が気になって訊《き》けずにいるのだろう――国王が決めた相手ではあるが一時期は許嫁だったことに違いないのだから、黙《だま》っていたことを怒っているのか、と。

あれだけ好きだと口にしていながら、裏では他《ほか》の女性との結婚話が進んでいると思っているのなら、どれだけ傷ついただろう。最悪に不実な男だと思ったに違《ちが》いない。

（どうして直接訊いてくれないんだ。俺を信じてないのか……）

その一言があれば誤解はすぐ解けたはずなのにと、やるせない思いでため息をついたが、はたと気がつく。

散々こちらの都合で意見を翻し、振り回してきたのだ。信用なんかされているわけがなかった。信じてもいいと思わせるだけのことを、これまで何一つしてきていないのだから。

（結局は自業自得《じごう》か……）

自分に苛立《いらだ》ちを覚えながらも、あらためて強く心に決める。

戻ってきてくれたなら、もう二度と何があっても手を離《はな》したりはしない——と。


ガタンと大きく荷台が揺れて、ミレーユは何気なく外に目をやった。

雪景色がゆっくりと流れていく。のんびりとした田園風景が続いているが、初めて通る場所だ。ここがどこなのかとても見当はつかなかった。

外を何となく眺めながら、今朝方のことを思い起こしてみる。

（リヒャルトは、もう手紙を読んだかしら……）

部屋をこっそり抜《ぬ》け出したのは昨夜のことだ。ロジオンにシャルロットを送って行ってもらい警備の薄《うす》くなった隙《すき》に窓から脱出《だっしゅつ》すると、庭でヴィルフリートとルーディの雪像を制作し、それからシャルロットのいる劇団の滞在《たいざい》場所へ向かって彼女と合流した。夜のうちに彼女にラドフォード男爵に連絡《れんらく》を入れてもらっていたので、会いに行って『口実』として協力してくれないかと相談したところ、快諾《かいだく》してもらったため、行動に移ることができた。

そして早朝、騎士《きし》団の宿舎に行って師団長室を訪ねたのだが、そこで団長から聞かされたことはどれも衝撃《しょうげき》的なものばかりだった。

（大公は実は偽者《にせもの》で、異能の力を持ってる人か……）

得体が知れないだけに不気味だし、強敵だと感じる。そういえば神殿《しんでん》で会ったとき神官長も言っていた。大公は危険だから近づいてはいけない、と——。

「それにしても、見事に追う側と追われる側が逆になってしまったわねえ」

隣《となり》で欠伸《あくび》まじりにシャルロットが言った。昨夜は時間がなかったため、今事情を話していたところだったのだ。都へ戻る彼女の劇団の馬車に乗せてもらっているが、本来この幌馬車《ほろばしゃ》は荷物専用らしく、二人の他には誰もいない。

「まあ、そこまでお付きの人に言われたら、さすがにこれ以上居座っていられないわよね」

「……」

「……他の人と結婚してほしくないなら、そう言ったらいいんじゃなくて？」

考えていたことを見透《みす》かすようにじっと見つめられたまま言われて、一瞬《いっしゅん》言葉に詰《つ》まる。

「そんなの、言えるわけないでしょ……」

リヒャルトは、二度と嘘をつかないと言ってくれた。だから問いただせばきっと本当のことを言ってくれるだろう。だが本人の口からそのことを聞く勇気はなかった。

「いつも呆《あき》れるくらい元気な人が、恋《こい》を知った途端にこんなにしおらしくなるものなのねえ」

やれやれといった調子で言われ、ミレーユは顔を赤らめた。その自覚が実は少しあったので、自分では元気よく振る舞《ま》っているつもりだったのだが、とっくに空《から》元気だと見抜《みぬ》かれていたらしい。

「彼は本気であなたのことが好きだと思うわよ。他の女と結婚話があるって言うけど、今さらじゃない？　なんとしてでも都合をつけて断って、あなたを選ぶと思うけれど」

シャルロットの言葉に、ミレーユは俯《うつむ》いた。わざわざ火事の中を助けにきてくれたくらいだからリヒャルトの気持ちを疑うわけはない。だが彼にこれ以上あんなことをさせては駄目《だめ》だと強く思う自分がいる。だから、素直《すなお》に彼の胸に飛び込んでいけないのだ。

「でも、そのためにたぶん、またすごく苦労すると思う。……もう迷惑《めいわく》になりたくない」

膝《ひざ》を抱《かか》えたまま答えるのを見て、シャルロットは仕方なさそうにため息をついて話を変えた。

「けれど、宮殿《きゅうでん》になんか行って大丈夫《だいじょうぶ》なの？　フレッドがあなたの身代わりとして入っているのでしょう？　下手《へた》をすればまずいことになるわよ」

「フレッドとは合流しないわ。同じ顔が二人いたら不自然だし。それにあたしにもやることがあるから」

　懐《ふところ》には一通の封書《ふうしょ》が収まっている。団長から宮殿にいるメースフォード侯爵《こうしゃく》に宛《あ》てた密書だ。侯爵とは歓迎《かんげい》式典の時に離宮《りきゅう》で会っているし、団長も密書の中に口添《くちぞ》えしてくれている。これを届けた後はそのまま侯爵のもとに仕えるか、それとも別行動を取るか状況を見て決めることになっていた。——それに、他にもやりたいことがいくつかある。

「あの剣《けん》って、宝石が塡《はま》ってないと意味ないんだって。だからその宝石を取り返して、そっとリヒャルトのところに届けてから去ろうと思ってるの」

「そんな恰好《かっこう》いい義賊《ぎぞく》みたいなこと、あなたがしなくてもいいんじゃない？　あなたって、たまに無駄《むだ》に男らしいわよね。普通《ふつう》に女らしくしていれば、みんな守ってくれるわよ？」

「あたしを守るくらいなら、その分リヒャルトを守ってほしいわ」

「そういうところが男らしいって言うのよ。他人のためによくそこまで熱くなれるものね」

「……他人じゃないわ」

　つぶやくように答えるミレーユを、シャルロットは観察するように見つめた。

「なんだか、好きな人が他の女と結婚するからって、思い詰めてヤケになっているように思えるけれど？」

「そ、そんなことないわよ。全っ然気にしてないし」

「そうかしら……」

「そうよ！　もうあたし全然、好きでもなんでもないし、とっくに諦《あきら》めたから！」

むきになって言い張るのを、シャルロットは流し見て独りごちた。

「恋人《こいびと》に意地を張らせる男はダメよね……」

「ちょっと、ダメとか言わないで。別にリヒャルトは悪くないんだから……」

「はいはい、あたくしが悪かったわ。もう意地悪言わないから、涙目《なみだめ》になるのはやめて。あんまり言い張らないでちょうだい、痛々しくて仕方がないわ」

いなすようにして制した彼女は、ミレーユの内心などとっくにお見通しのようだ。軽く息をついて続ける。

「つまり、乗りかかった船ってことでしょう？　それで、あなたは彼のことが好きだから、陰《かげ》ながら役に立ちたい。そうでしょう？」

「……うん、まあ」

「だったら、そんなにうじうじしていないで、もう少ししゃきっとしたらどう？　あなたには借りがあるからこうして都へ行くのを手伝っているけれど、そんなに後ろ向きなところを見せられたら、離宮に送り返してやりたくなりますわ」

はっとミレーユは胸を衝《つ》かれた。自分で考えて出した答えなのだから、引きずっていてもしょうがない。彼女の言う通りだ。

「せっかくこんなところまで来たんですもの。国に帰る前に観光でもして楽しんでいけばいいわ。案内してあげるわよ。ただし、しゃきっとするって約束するならね」

鋭《するど》い指摘《してき》から一転、シャルロットは微笑《ほほえ》んでそう言った。彼女なりの激励《げきれい》術に、ミレーユも思わず笑《え》みをこぼした。

「うん。……ありがとう、シャロン」

持つべきものは友達だ。そう思ったらなんだか元気が出てきた。そうだ、落ち込んでいる暇《ひま》などない。自分にはこれからウォルター伯爵《はくしゃく》と対決するという大仕事が待っているのだ。

伯爵の誘《さそ》いは、協力の要請《ようせい》という名目ではあったが、結局は利用するつもりなのだろう。それくらいは予想がついた。だからこそ負けられないと思う。

(誰が利用されてなんかやるもんですか。あんな人たちのいいようにはさせない。首を洗って待ってるがいいわ……!)

これまで心のよすがにしてきた青い耳飾《みみかざ》りは、もう持っていない。

だから今は、リヒャルトに対する想《おも》いだけが気力の原動力だった。

明かりのないその部屋で、フレッドは手にした箱を見下ろしていた。

窓から差し込む月明かりに、ビロード張りの箱が浮《う》かび上がっている。周囲には他にも国宝級の宝物《ほうもつ》が所狭《ところせま》しと並んでいたが、それらには見向きもせず、ゆっくりと箱を開ける。

中に詰まっていたのは、小さな球体だった。指でつまめるほどの大きさで、かすかに発光している。ガラスのように透き通っているが、硬質《こうしつ》ではなく、触《さわ》ってみると弾力《だんりょく》があった。

「よく作ったものだね。こんなの……」

一つをつまんで自分の目の高さに持ちあげると、フレッドはうっとりとつぶやいた。

シアラン神殿最大の禁忌《きんき》である〈星〉の詰まったその箱は、きらめく宝石を詰め込んだ宝箱のようだった。この小さな球体の一つ一つが、神官の命そのものであるなど、そんな突拍子《とっぴょうし》もない事実を誰が信じるだろう。もちろん、世界の不思議大好きなフレッドは即座《そくざ》に信じたが。

「どうやって作ったんだろうね。これ、やわらかくて不思議な感触《かんしょく》だけど、材質は何だろう。そもそもどうしたらこれに命を吹《ふ》き込めるんだろうね。面白《おもしろ》いなあ」

部屋にはフレッド以外に誰もいない。だがまるで誰かに話しかけるかのように彼は楽しげに語った。

「教授にも見せてあげたいなぁ。さぞかし張り切って研究なさるだろうに……」

大学時代の恩師を思い出し、しみじみとつぶやく。だが残念ながら、神殿の禁忌を他言することは許されない。世界の珍品《ちんぴん》奇品を愛する者としてそれくらいの分別はある。

色とりどりの〈星〉を矯《た》めつ眇《すが》めつ取り出して眺《なが》めていたフレッドの背後で、かすかな物音が響《ひび》く。構わずになおも観察に没頭《ぼっとう》していたが、右手にある戸口の扉《とびら》がきしみをあげたのを聞いて、ようやく顔をあげた。

「――いけませんね。ここは立ち入り禁止ですよ。ベルンハルト伯爵」

穏《おだ》やかな声とともに入ってきた人影《ひとかげ》は、持っていたランプを傍《かたわ》らに置いた。明かりに浮かび上がった微笑に、フレッドも笑顔で応じる。

「こんばんは、ウォルター伯爵。こんなところで会うなんて奇遇《きぐう》ですね」

偶然《ぐうぜん》のわけがなかったが、それはどうでもよかった。彼に会いに来たことに変わりはない。

「何をなさっていたのですか？　お散歩中はドレスは脱《ぬ》がれるようですが」

「ええ。跳んだり駆《か》けたりすることもありますから、動きにくいでしょ。これなら機能的ですしね」

軽く手を広げて騎士姿の自分を披露《ひろう》する。傍らに置いた羽根帽子《ぼうし》を装着すれば完璧《かんぺき》だ。

淡《あわ》いきらめきを放っている〈星〉を名残惜《なごりお》しげに見やり、フレッドは蓋《ふた》を閉めた。かすかに明るかった辺りは一段暗さを増した。

「ああそうだ。そろそろうちの妹にちょっかいを出すのはやめてもらえませんか？　ミレーユはああ見えて箱入《はこい》り娘《むすめ》なんです。いくらあなたが口説いたって、そう簡単には懐《なつ》きませんよ」

「箱入り……。なるほど。しかし、妹君を箱に閉じこめていたのは、あなたでは？」

「そりゃそうです。下手な男には渡《わた》せませんから」

フレッドは悪びれず笑顔で答える。——そうして守ってきたのに、よりによってこんな腹黒に目をつけられるとは。計算外な上に腹立たしい。

「あなただってそうだったでしょ？　最近、古代魔術《まじゅつ》にはまっておられるようですね。あれは西大陸では禁術として取り締《し》まられている。関係が発覚すれば国外追放される危険もある。だけどあなたはその道を選んだ。愛する妹君を生き返らせるため……ですか？」

伯爵は何も言わなかった。証拠《しょうこ》がないとか何とか余裕《よゆう》ぶって反撃《はんげき》してくると思っていたフレッドは、意外な思いでそれを見つめた。

八年前リヒャルトを追放した一派でもある狂信派《きょうしんは》と、伯爵は一線を引いて付き合ってきた。大公の側近になってもそれは変わらなかった。その彼が近頃《ちかごろ》急に狂信派に接近し、中でも古代魔術を研究する者らと深く親交を持つようになったのには、何か理由があるはずだ。

「――ベルンハルト伯爵。私は、ミレーユ嬢《じょう》のことが大好きなのですよ。それはもう憎《にく》らしいほどに」

「ふうん？　いろんな意味で聞き捨てならないな。なぜです？」

伯爵はどこか遠くを見るような目つきになった。

「彼女はサラに似ている。そして、リヒト様に愛されている。リヒト様と結ばれるのはサラのはずだったのに……。後から現れてその座に納まるのは、許し難《がた》いものがあります」

リヒャルトのことをリヒトと呼ぶ彼は、内容と裏腹に口調は穏やかなままだ。元は王太子だった頃《ころ》のリヒャルトの側近だった人だし、妹のサラを溺愛《できあい》していたようだから、複雑な思いを抱《いだ》くのは仕方のないことなのかもしれない。

「ああ、そういう理由ですか。でも、そう言われてもねえ……」

「誤解しないでください。私は本当にミレーユ嬢のことが好きなのです。リヒト様とサラが結ばれる、その夢を思い出させてくださった方なのですから。彼女と出会えたのは至高の喜びです。ミレーユ嬢がいればサラは戻《もど》ってこられる。私のもとに……」

フレッドは思わず伯爵の顔を見つめた。そこまで言われれば、嫌《いや》でも彼の目的が予想できた。

ただ、にわかにはそれを認められなかっただけだ。

「……サラ嬢はこの世の方ではない。リヒャルトと結ばれる日は来ないでしょ」

「来ますとも。ミレーユ嬢が協力してくだされればね。幸いあなたの妹君は、私の妹に似ていますから……きっとうまくいきます」

「伯爵」

鋭い声を出したフレッドに、伯爵はおだやかに微笑んだ。

「最初から申し上げていますよ。私はリヒト様の味方であり、あの方のためなら何でもやりますと。すなわち、リヒト様が何の問題もなくシアランにお戻りになり、大公位にのぼられて最愛のサラを妻になさるためなら、という意味ですが」

声にも表情にも、異常なものは感じられない。だからこそ狂気《きょうき》じみて見えるのだろうか。

彼はあくまで優《やさ》しい表情で、静かにこれからの展望を述べている。死んだ妹を蘇《よみがえ》らせるために、似ている少女を生け贄《にえ》にするつもりなのだ、と。彼が狂信派に近づいたのとミレーユの存在を知った時期は符合《ふごう》している。理由はこれだったのだ。

何か暗躍《あんやく》していることは知っていた。持ちかけた作戦にすんなり乗った時から、裏があるのではとは思っていたが——まさかここまで病《や》んでいたとは。

「あなたは妹君の亡霊《ぼうれい》にとりつかれていらっしゃるようだ……。同じく妹を溺愛する者として、そういう愛し方は賛同できないな」

まったく認識が甘かった。それを思い知り、ため息まじりに言ったフレッドに、伯爵は微笑んだまま応じた。

「愛し方？　妹君をご自分の所有物のように扱《あつか》っておられる方には、言われたくありませんね」

「いやー、ぼくはミレーユの困った顔や慌《あわ》てた顔や怒《おこ》った顔が大好きなんですよ。だからそれを見たくてついつい甘えてしまうわけです。なぜならそういう時、ミレーユは全力でぼくのすべてに反応してくれるから」

「ミレーユ嬢もお気の毒に……」

「――でも、あの子の存在を貶《おとし》めるような真似《まね》だけは死んでもしない。それがぼくの愛だ」

静かに断言したフレッドに、伯爵の笑《え》みが一瞬《いっしゅん》消える。

「あなたの行いは、妹君を冒瀆《ぼうとく》するものだと思いませんか？」

けれど続いたその問いには、再び笑顔で彼は答えた。

「思いませんね。サラもこうなることを望んでいるはずですから」

「……お話にならないな」

フレッドは傍らに置いていた帽子を手に取った。丁寧《ていねい》に形を整えてそれをかぶると、大げさなほどのため息をついて宣言する。

「仕方ない、計画変更《へんこう》だ。大公より先にこちらを片付けよう。悠長《ゆうちょう》に作戦を進めてる場合じゃないみたいだし」

左手を鞘《さや》に添《そ》え、右手を柄《つか》に這《は》わせた。その拍子《ひょうし》に左の袖口《そでぐち》から飾《かざ》り留めがはずれて床《ゆか》に落ちたが、構わずに剣を抜《ぬ》き放つ。

「私を殺すと？　あなたらしくない復讐《ふくしゅう》方法ですね」

「おっしゃるとおり、物騒《ぶっそう》な解決法は好みじゃないんですけどねえ。でも、あなたが予想以上に危ない人だとわかったので……ぼくも腹を決めますよ」

窓から差し込む月光が、剣に反射してきらめいた。伯爵に向かって真っ直《す》ぐそれを構え、フレッドは相手を見据《みす》える。

背後の気配が動いたのはその時だった。

ゴッと鈍《にぶ》い音が響く。突然《とつぜん》頭に衝撃《しょうげき》を受け、フレッドはよろけてその場に膝《ひざ》をついた。

首をねじるようにして後ろを見る。棍棒《こんぼう》を構えた男が背後に立っているのが視界に映った。

「……伯爵……」

うめくように囁《ささや》いて、前のめりに昏倒《こんとう》する。帽子にじわじわと血がにじむのを、月光の下で伯爵は淡々《たんたん》と見つめた。

「ミレーユ嬢の件は大公にも知られずにやるつもりだったのですが……。あなたがあまりにも私の邪魔《じゃま》ばかりなさるので、あっと言わせてやりたくなりましてね。こちらのほうが演出的にも盛り上がりそうですし……」

妹君を窮地《きゅうち》に追い込んだのはあなたですよ。——その言葉を聞いたのを最後に、フレッドは瞼《まぶた》を閉じた。

背後にいた男が、倒《たお》れたフレッドを速《すみ》やかに肩《かた》に担《かつ》ぎ上げる。無言のまま運び出していくのを見送り、伯爵はため息をついた。

「口ほどにもない……」

優しげな、そして興ざめしたような声が、闇《やみ》に溶《と》ける。

やがて彼はランプを手にとり、〈星〉の詰《つ》まった箱を見た。大公の私室へ戻すべくそれを抱《かか》えると、ゆっくりと踵《きびす》を返す。

扉はまた固く閉じられた。

床に転がった、青い飾り留めを残して――。

あとがき

こんにちは、清家未森です。「身代わり伯爵の失恋」、いかがだったでしょうか。

前回「求婚」ときて今回「失恋」なので、並べるとタイトルだけでも落差がありますが、「これって失恋《しつれん》？」と思っている人が複数出ているためこうなりました。

結構前から用意していたエピソードをようやく書けたので、やっとここまで来たかーと感慨《かんがい》深いです。そして、本編にもあの魔物《まもの》を出せて本望《ほんもう》です。実は「脱走」あたりから登場させるのを虎視眈々《こしたんたん》と狙《ねら》っていたのですが、なかなか機会がなくて残念に思っていたのでした。

天然娘《てんねんむすめ》とヘタレ男、それにその他の登場人物たち。それぞれ状況《じょうきょう》や心境に変化が起きたところで今回は終わりですが、シリーズ自体はこれからも「超《ちょう》王道！」の煽《あお》り文句に負けないよう、お約束ネタを盛り込みながら突《つ》っ走っていきたいと思っております。

では、ここでお知らせです。まず一つ目。七月二十八日発売の雑誌「ザ・ビーンズ」VOL.13に短編を書かせていただきました。お久しぶりのセシリアが主役で、ノリも懐《なつ》かしい感じになってます。よかったらこちらも読んでみてくださいね。

それから、七月一日付で身代わり伯爵の特設《とくせつ》ホームページが開設されます。アドレスは

http://www.kadokawa.co.jp/migawari/です。いろんな企画《きかく》がありますので、お楽しみに。

短編集「伝説の勇者」と今回の「失恋」の連動《れんどう》で、抽選《ちゅうせん》でキャラクターからメッセージが届くという企画を八月十日締め切りでやっております。応募《おうぼ》される時にちょこっとコメントなど添《そ》えていただくと、ホームページや文庫の帯に載《の》ることもあるかもしれないとのことなので、載っても構わないという方は、ぜひコメントのほうもお寄せください。お待ちしてます。

キャラクターソングミニアルバム「身代わり伯爵の危険な饗宴」は八月二十六日発売です。各曲はもちろんのこと、歌ってない人もゲストで登場のドラマ部分も、とっても可愛《かわい》くて華《はな》やかなジャケットイラストも、全部が見所聴《き》き所になってます。機会があればこちらもぜひどうぞ。


最後になりましたが、ねぎしきょうこ様。シアラン兄弟がカラーで、しかも表紙で見られるとは……感激です。お忙《いそが》しいところをありがとうございました。

担当様。今回も（というか毎回ですが）暗い感じのスタートで、お手数をおかけしました。

そして読者の皆様《みなさま》。シアラン編も早いもので四冊目になってしまいましたが、今回も読んでいただいてありがとうございます。シアラン編もいよいよ佳境《かきょう》に入ります。願わくは、もう少しだけお付き合いいただけると嬉《うれ》しいです。

清家未森

「身代わり伯爵の失恋」の感想をお寄せください。
おたよりのあて先
〒102-8078　東京都千代田区富士見2-13-3
角川書店ビーンズ文庫編集部気付
「清家未森」先生・「ねぎしきょうこ」先生
また、編集部へのご意見ご希望は、同じ住所で「ビーンズ文庫編集部」
までお寄せください。

身《み》代《が》わり伯爵《はくしゃく》の失恋《しつれん》

清家《せいけ》未森《みもり》

角川ビーンズ文庫　BB64-9　15785

平成21年7月1日　初版発行

発行者——井上伸一郎
発行所——株式会社角川書店
東京都千代田区富士見2-13-3
電話/編集(03)3238-8506
〒102-8078
発売元——株式会社角川グループパブリッシング
東京都千代田区富士見2-13-3
電話/営業(03)3238-8521
〒102-8177
http://www.kadokawa.co.jp
印刷所——暁印刷　製本所——BBC
装幀者——micro fish

ISBN978-4-04-452409-8 C0193 定価はカバーに明記してあります。